北中原馮氏標準食游圖

說食畫

馮傑

河南文藝出版社
·鄭州·

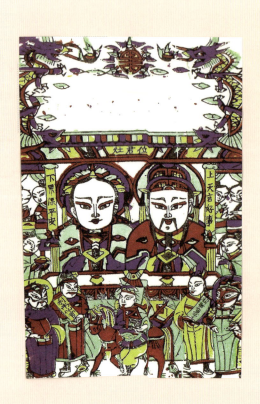

纪念我的姥姥和母亲

——作者题记

目录

序言 北中原的圣手书生(孙荪)／ 001

天干

甲 鹌鹑记／ 006

乙 白老虎汤／ 010　　　吧嗒杏／ 012　　　扁食／ 014

　　　簸箕柳／ 016　　　薄荷语录／ 018

丙 吃过大盘荆芥／ 022　　　菜蟒／ 025

　　　馇／ 027　　　馇食／ 029

丁 飐／ 032　　　冬瓜房子／ 035

1

打凉粉 / 037　　　地黄记 / 039

多余的筷语 / 041　　　多抽出一根筷子 / 042

戊　翻烧饼 / 046　　　方甘蔗 / 048　　　犯 / 052

己　耿饼 / 056　　　瓜忌 / 058

葛花就是紫藤·豆科 / 060

关公脸是什么脸 / 062

根的归宿 / 064　　　杠子馍记 / 067

庚　黄瓜菜都凉了 / 070　　　好面 / 073

化学变化一种·变蛋 / 076　　　糊涂 / 078

槐花碎 / 080　　　红薯的处理方法 / 082

红薯必须晒干 / 084

狐狸头瓜的称呼 / 086　　喝讫 / 089

辛　荆芥文稿 / 094　　蕨的避让 / 096

　　韭花散瓣 / 098　　焦叶不是蕉叶 / 100

　　金针可度 / 102　　鸡脯食饼 / 104

壬　苦瓜和尚和苦瓜的脸庞 / 108

　　磕子迷路 / 110　　款待你以月光 / 112

癸　老鳖靠河沿 / 116　　烙饼裹大葱 / 118

　　烙饼志 / 121　　凉拌柳絮 / 126

　　鲤吃一尺 / 128　　辣椒是穷人的馋 / 130

　　辣椒面糊 / 132　　辣之三·度日秘笈 / 134

3

地支

子　　面饦 / 140　　面灯盏 / 142　　杜果皮 / 144

　　　　杜果异事 / 146　　抿豌豆 / 148

　　　　木槿的矛盾 / 151　　眉豆有限的延伸 / 154

　　　　闷蔓菁 / 156　　毛蛋里的叫声 / 158

丑　　藕如果没有,那就上莲菜 / 162

寅　　瓢 / 166　　配方·和尚之意 / 168

4

　　　　琵琶怎么能吃呢 / 170　　　爬杈猴 / 173

卯　　茄子的腿 / 176　　　秦椒 / 178

辰　　肉馅包牛 / 180　　　热豆腐 / 182

　　　"二十五节气"和苏东坡的咳嗽 / 184

巳　　石榴的骨头 / 186　　　扫帚苗 / 188

　　　三尺长 / 190　　　烧鸡架子 / 192

　　　柿子的别名就叫涩 / 194　　　蔬菜的脾气 / 196

　　　柿子蒂的小细节 / 198　　　食堂菜 / 201

　　　沙土炒花生仁儿 / 203

午　　听我姥爷说宋朝的面 / 206

土著的鱼们 / 208 　　套肠 / 212

剃头逸事 / 214 　　铁器一般·花生饼 / 217

未　无赖的莲蓬 / 220 　　窝窝 / 222

碗要扣起来才对 / 224

申　西瓜翠衣是什么衣 / 226 　　咸菜谱 / 228

小磨油 / 231 　　西红柿捞面和称谓 / 234

馅说 / 237 　　虚谷案头的菜蔬 / 238

虚的一种·丝瓜瓢 / 240

戏台上的北中原佳肴 / 242

酉　洋柿 / 246 　　芫荽,臭虫的嫌疑 / 248

6

夜食 / 250　　　盐事三帖 / 253

由吁到芋 / 256　　　院里飘满海带 / 258

忆苦饭 / 260　　　以香计时 / 263

戊　　灶火 / 266　　　脂油 / 269　　　脂油渣 / 271

蒸馒头的酵母 / 273　　　中秋节吃啥好 / 275

亥　　必须来凉拌风趣而去风干格调（跋）　冯杰 / 280

隰有荷華　ハチス
傳荷華扶渠也
其華菡萏

毛詩品物圖攷卷七

魚部

鲂魚赪尾　ヲシキウ

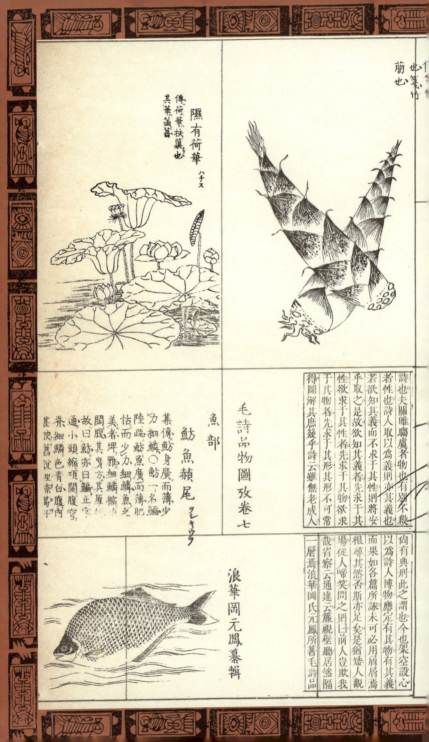

浪華岡元鳳纂輯

甚細鱗色青白腹内
斑廋舊說聖案蜀
養小頭縮項闊腹窄
通曰鲂魚編正字
故曰鲂亦曰編一名
闊腮其質方其厚少
美者力雅細鱗縮
恬而少力細鱗魚乞
陸疏鲂魚廣而薄肥
為細鱗〇鲂一名編
集傳鲂身廣而薄少

詩也夫關雎螽虞者物也有別不殺
著也性也詩人取以為義則少其義也
若欲知其義而不求于其性則將安
平取之是故欲知其義者先求于其
性欲求于其性奉先求于其物欲求
于其物者先求于其形其形不可常
得圖解其庶幾乎詩云雖無老成人

尚有典刑此之罰也今也架空設心
以為詩人博物應定有其物有其義
而果如各篇所詠未可必用肩屑喬
根尋其然否足是猶矮人觀
場從人嘻笑問之則曰前人豈欺我
哉省察其通達云籬視壁聽居然隔
一層焉浪華岡氏元鳳所著毛詩品

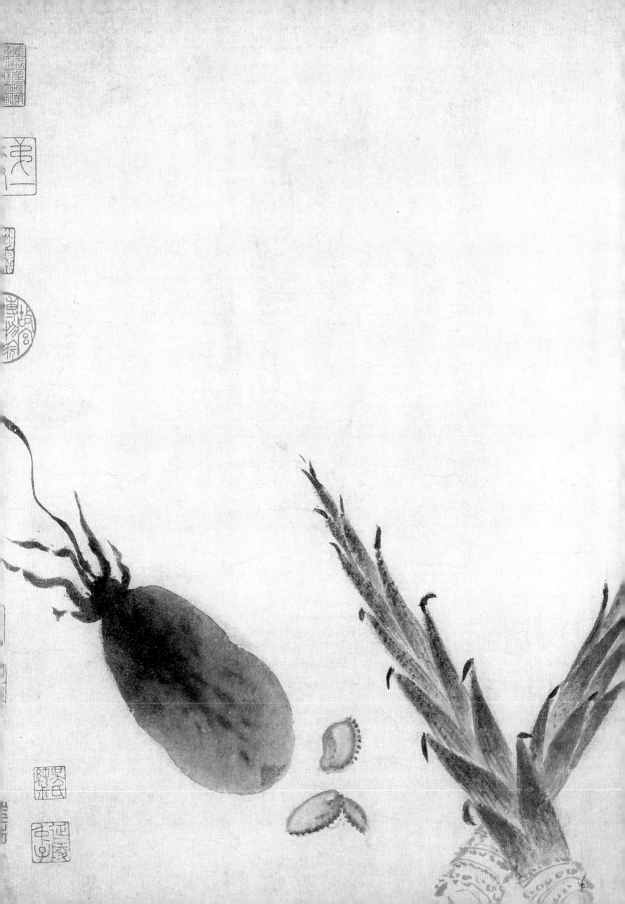

頭髮如鄉村亂草
眼睛近看有點小
胸毛是貼上的
正在熙萌蘆
書畫
庚寅年
馮傑

作者自画像

冯杰，1964年生，童年时代和外祖父母在北中原乡村度过；
七岁时会炸油馍，十七岁时会做捞面；
从事过多种职业，皆为谋食，谋食是为了谋诗。

（序言）

北中原的圣手书生

我喜欢冯杰散文。

九年前曾专题写文章谈冯杰散文，当时说北中国中原乡村，遇到一位"解人"。冯杰散文中的思绪常如他家乡河边飘荡的柳丝，文章结构则似作者家乡挂满枝杈的槐花。其中思想像夏日雨后的蘑菇，新鲜点点。这类如书法之散帖式的集束式妙文，把学识和经验，以想象、联想、延伸、引申相连接、相融会、相比拼，古与今、中与外、俗与雅、乡与城、他与我，被组接而成出乎意料的"蒙太奇"，其感悟自由出没于其间，能够见人所未见，思人所未思，言人所未言。

这次又读《说食画》，原来感觉强化了。在阅读中时有圈点，常有击节，不断会心一笑，颇多感叹。

我追问其原因，是出于偏爱吗？可能有一点，但不是根本。可能就是真好。我有这样两句概括：前一本砖头瓦块都成精灵，这一本白菜萝卜都烹出至味。以朴素的大白话，写成精妙的美文。

从古今散文看，此类文章是繁盛一族。进入门槛不高，怀乡忆旧，叙事状物抒情，连缀成篇，亲切好读，容易得分。冯杰似乎没有蹈袭已有的省简之路，而是有大心思，下大功夫，另辟蹊径。我说三个特点。

一是小，着力点小。很具体，易于玩弄于股掌之中。选材从一小点切入，一小吃小菜，一器一物，一人一小事，一花一叶，一掌故，甚至一字；文章体量很小，几百字，千字文都少；句子也很短，三言五言，甚至两个字、一个字。可称袖珍散文。

二是大，着眼点大。如进"桃花源"，初极狭才通人，进去后则平畴沃野，蔚为大观。河虽小，有浪花飞溅；山不大，却峰起峦伏。没有停止于小。往往是说小联大，讲今挂古，由俗而雅。芥豆之微突然与高端政治相类，与古代典籍牵线,俗到家又雅到顶。着眼点大的背后是作者胸次广、胸襟大,其目标大是在写北中原乡村或曰北中原之精气神,自然不一般。

三是一个"上"字,写作心态上的优越感。没有唱颂歌任务,也没有揭露国民性痼疾忧患意识。而是因为水满则溢,几十年生命记忆,心里放下要溢出来;在平淡平庸的乡村生活中发现了无量的丰富和生动,要告诉世人。一切都在心中手边,要写如探囊取物,如老鹰捉小鸡,手到擒来。这种俯瞰乡土,以宏观驾驭微观的状态,驾轻就熟,易于掌握写作对象,轻松自如地陶钧文思,变换文法,遣词造句,使得文章新意满眼,妙语连珠,可见作者处于优越状态下的创造力。

这说明在条件充分具备的情况下,创作是一种快乐、幸福。

2013年3月22日于一心斋

(孙荪,当代著名文艺评论家)

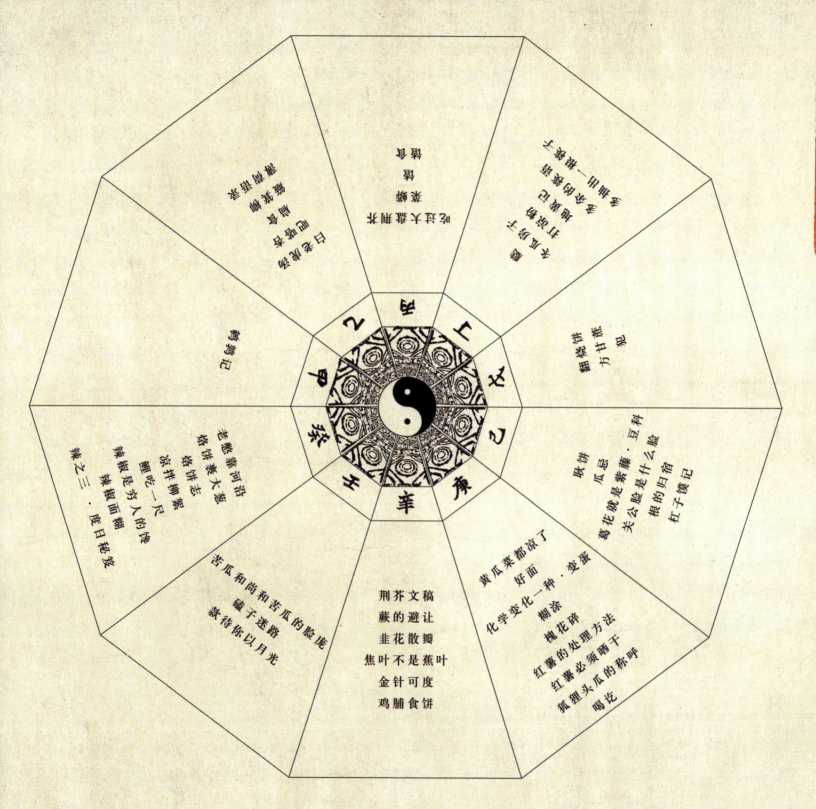

說食畫
潘煤

天王

鹌鹑记

鹌鹑记

一

如果单说世间好吃的标准,你不要参照《圣经》,上帝不吃豫菜。我姥爷有一句美食格言:"论吃飞禽,鹁鸽鹌鹑;论吃走兽,猪肉狗肉。"此言一出,就框定了味蕾愉悦的范围。

对于村里多数人家来说,猪肉是熬一年到春节时才能吃一次,我们恭称"大肉"(却没有"小肉"一说)。对于我,里面四种之一的鹌鹑却可以不时飞来飞去。

我姥爷另外还有一格言,曰:"天上龙肉,地下驴肉。"不过此时不能跑题说驴,必须来说鹌鹑。

二

鹌鹑予人以智慧。我二大爷当年在傅作义手下当排长,兼炊事,兼背黑锅。他也说:"吃鹌鹑可以使人聪明。"

我在乡村上小学,成绩不佳,我就想聪明,我想讨好老师。一放假我就怂恿姥姥到离我村五里开外的张堤村走亲戚,要找我姑姥爷,他有一张鹌鹑网,他会玩鹌鹑。

我姥爷概括这世间人类的癖好,是"好者好,恶者恶,玩鹌鹑的不打兔"。

一年四季,我姑姥爷就腰挎鹌鹑布袋,每次斗鹌鹑必出场,他是方圆十里一雅士。雅士说:鹌鹑以清炖为最好。

譬如,鹌鹑可以和枸杞、和人参、和冬瓜、和栗子、和山药、和萝卜等元素结合。总之,鹌鹑它和啥都能同炖。

我家那时囿于条件,只能白水清炖鹌鹑。这是一道荤菜素制。

虫的辩证
人云:早起的鸟儿有虫吃,
未尝不是早起的虫子被鸟吃。

庚寅初 冯杰

虫蚕的辩证

人云早起
的鸟儿
有虫喫
未尝不
是早起
的虫子
被鸟吃

庚寅初
冯杰

三

下面才进入鹌鹑主题。

历来哪有百姓不缴皇粮的？我姥爷撇开猪肉又说过去。

那些年，我们村里年年缴公粮，人民公社美其名曰"爱国粮"。一年下来，打下来的麦子最后剩下百十来斤。除了够喂鹌鹑，还剩下了一颗"爱国心"。

这天下晌收工，我姥爷有闲，给我讲过一首元人散曲小令，说的是世间如何尖刻相。忽然，就翻出来了一只鹌鹑。

"夺泥燕口，削铁针头，刮金佛面细搜求，无中觅有。鹌鹑嗉里寻豌豆，鹭鸶腿上劈精肉，蚊子腹内刳脂油，亏老先生下手。"

准确说是里面说到了一个鹌鹑嗉。

这时我二大娘来送一张簸箕，恰恰听到，簸箕放下了，却听得半明不白，疑问道："你说的这老先生是李书记吧？"

那一年，李书记带领滑县"革命工作委员会"在我村驻队，在开展"清理阶级队伍运动"。喝酒前，他让我逮过鹌鹑。

2012年11月9日　客郑

說食畫

天干

白老虎汤
吧嗒杏
扁食
簸箕柳
薄荷语录

白老虎汤

如今见一只野生老虎比见国家总统、主席都难，何况又是白老虎？但有一只白老虎常见，有白虎介入生活。大家经常在喝虎汤。经常擦肩而行，只是我未曾说透。

"白虎汤"本是药书里一味清火解热古方，西瓜有"天生白虎汤"之称。也就是说，我们天天在吃白老虎。啃瓜皮就是啃虎皮。与虎谋皮。

我跟着姥爷种过瓜。我姥爷说"夏天吃西瓜，药物不用抓"。解胃热。

还有一妙语"破瓜"。冯梦龙有"那杜十娘十三岁破瓜"句，小说家都当成"破身"运用了，诗人则是将"瓜"字拆开，当二八一十六而讲的。我看到《通俗编》里还有诗句"功成当在破瓜年"，就想，是说张爱玲吧？成名也太早了吧。后来知道，也是诗人将"瓜"字拆开，弄成了八八六十四。中国诗人们把无用的可聊当成本领，在书里穿来穿去，提着一方语言的笼子，把玩里面的大鸟小鸟。

与瓜有关的，古代还有一种"瓜蔓抄"。一人犯事，触及其他人，转向攀染，就叫"瓜蔓抄"。这是典型的顺藤摸瓜。

我刚开始上班时在北中原乡村当信贷员，芦岗营业所离黄河滩不远，骑车一根烟工夫。西瓜们都在黄河沙地露着头，听社会动荡的风声。且一个个都有名字。白籽白瓤白皮的西瓜叫"三白"，黑籽红瓤的叫"黑虎掏心"，白皮红瓤黑籽的叫"刘关张"，白皮黄瓤的叫"黄沙瓤"。

……如今，这些名字都只能长在县志里了。

我知道传统的西瓜一棵秧上一般只结一颗西瓜。顶多后来上面带有一小妾。

那时，我是乡村一小信贷员，任务是下乡催收贷款。在乡村饮酒,我喝了那些乡村浊酒后,就急急地大块吃西瓜,解酒。再喝。醒复醉,循环往复。上下五千年。

这是一道乡村酒场化解秘笈。

2007年7月16日

西瓜里的舞蹈
童年的瓜籽一个个在西瓜里舞蹈。
壬辰年秋　冯杰

西瓜房子
清人句:水晶球带轻烟绿,翡翠笼含冷焰红。
壬辰秋客郑也

吧嗒杏

杏仁是一味中药,能治咳嗽,但杏仁有毒。童年时我家养了一匹小羊,羊龄两岁。那一年春节前,误饮了几口姥姥泡过杏仁的苦水,然后,踢蹬了几下,小羊就倒下了。

那匹小羊生前还抵过我。有一次,我刚进厕所,它就急急地也跟着冲进来,吓得我当时都来不及提裤子,就跑了出来。

有一种杏仁无毒,我们叫它"吧嗒杏"。杏仁是甜的,不浸泡直接也可生吃。

我小时候生活在北中原的一个杏乡,叫留香寨。就凭这村名,你可以想象杏花开放时的程度,花的密度容不下最细的炊烟和鸡啼。村里人靠卖杏过生活,或用杏换麦子。我跟着大人们卖杏,至今还记得用楝树叶垫杏可保鲜的乡村秘诀。

我们村子里的人到外村卖杏时,常被别村的小孩子起哄吆喝,他们用即兴自创的民谣:

吧嗒杏,苦的仁儿;
卖杏的,是俺侄儿。

这歌词的中心思想是编派骂人的。专骂卖杏的。

我们村卖杏的人机智,马上随口吆喝出另一种版本的歌谣,以示反驳:

吧嗒杏,苦不苦?
买杏的,叫我叔。

这样,一曲歌谣就把辈分扯平了,一来一往,势均力敌。

混淆图
壬辰年 冯杰记
一些声音在一些色彩里混淆
一些身影在身影里混淆
一个季节在另一个季节里混淆
一个童话在童年里混淆

混沌圆

一些声音在一些色彩里混沌一些身影在身影里混沌 一个季节在另一个季节里混沌一个童话在童年里混沌

几近舆论上的战争宣传。让我能想到部队文工团阵前喊话的重要性。

关于杏仁，我童年时还有一种说法，近似乡村秘笈：

把一颗杏仁小心耐心地去揉软，然后，放到自己的耳朵眼儿里（男左女右），呵护着，一星期之后，可以孵出小鸡来。

这曾是一个大一点的孩子告诉我的，当时，一副神秘兮兮的样子。

这方法我曾试过，最终也没有孵出来小鸡。而且有一次杏仁掉进耳朵眼儿里，险些掏不出来。我就问姥姥，姥姥笑了：那是专骗你们这些小孩子的。

不过现在我还存有一丝幻想，要是当年再揉软一些，是不是还真能孵出来一只小鸡？

我是相信着。

正因为我一直心存如此幻想，长大后，我才能当一名诗人。

扁食

我们村里一直称饺子为"扁食"。

梦里，外祖母还教给我歌谣："小白鸡儿，卧门墩儿，吃面条儿，屙扁食儿。"扁食象征着乡村生活最高的一种理想，乡下人一年到头，只有春节才能享受到的佳肴，从档次而言，已属"乡村的国宴"。

从字面讲，是不能当主食，也当不起的。北方人向来把饺子当作上品，连皇帝也不例外，中国第一部供领袖翻看的饮食专著是元代的《饮膳正要》，里面说的"角儿"就是饺子。如鱼游进历史这一汪浑浊饺子汤里。

南方的皇帝爱吃红烧肉。

北方的皇帝爱吃饺子。

我姥爷在乡村，是个会讲"历史"的"乡村学者"。他说当年李自成打进北京城当了大顺皇帝，官兵上下都幸福得不得了，开会研究之后，决定顿顿都包大肉饺子吃。用以表达幸福的方式，庆祝胜利成果。那油呀，能浸出手缝来。

这样，命里十三年寿限的天下，让十三天就吃完了。照人间世俗标准：饺子本来应该一年只吃一次。

我姥爷如是说。

我们在油灯旁听得口生津液，不住咂嘴，忘了喝彩。我那时只想加入李自成的流寇队伍，当个下等兵也行。扛枪，闹革命。吃饺子！

扁食是"国食"。

在饥饿年代，北中原乡下一个祖母辈的老人，我叫三姥娘，她经历过河南的1942年、河南的1958年，曾对我关于饥

吃饭图

在我们北中原乡村,吃饭是第一事也,
两人见面,多问"吃了吗?"可见,吃是
日子中头等大事。

东坡讲一故事。说两穷人相与言平生
大志。一云:"我平生不足,惟睡与饭
耳,他日得志,当吃饱饭便睡,睡了又
吃。"一云:"我则异于是:当吃了再吃,
何暇复睡耶?"

苏老说的就是我小时的理想。

丙戌初仿白石之法记事也。冯杰

饿原因的解释大为不满:

"俺就不信,主席他媳妇的纺花筐里,整天不放着油饼?
灶头不盛着饺子?"

我多少年后讲起这一逸事,仍是当代成功人士、官僚贵
妇们酒足饭饱剔牙时的一个"佐料"。讲出来用以助兴。我
羞耻这种陪人玩。

一个世界都在笑,但我始终笑不出来。

1999 年

簸箕柳

——村茶小简史外篇

北中原不产茶,小时候在村里没有喝过茶。我姥爷注释道:"喝茶破费啊,过去只有滑县道口镇的地主老财家才喝茶。喝喝,倒倒。喝的还没有倒的多。"

又说:"喝贵茶,不如吃扁食划算。"

一村人一年四季都喝凉水,喝白开水。

有一年,父亲从50里外的长垣县骑自行车回来,给我姥姥家买来一只保温瓶,银色瓶胆外面穿着一层竹罩。全家人都宝贝一样使用。村里叫姥娘的多,邻居就有个二姥娘,家里凡有客人,就串门来借。

我姥姥在后面嘱咐着:小心点。

二姥娘就紧紧抱着瓶。

我家来了客人,姥姥冲上一碗红糖,偏要叫黑糖水,色泽浓郁如暗夜,替代茶,算是待客最高礼节。

全村有时喝一种"村茶",叫簸箕柳。长在河滩,枝条专门用于编农具器物。

簸箕柳,叶子纤长,叶廓上带一丝红边。谷雨前后采摘,晒干备用。麦收时节,家家会烧一大锅簸箕柳茶,用水桶挑到麦地。柳叶在云彩里上下起伏。

我多是抢着烧茶。这里有个秘密:比起在烈日下割麦,烧茶是件偷懒的活。

在灶上用柴烧,簸箕柳茶便带有一种炊烟的味道。柳叶子煮出来的茶汤金黄、透亮,竟有点像童子尿。

2009年我到京城出差,在一家叫"天下盐"的四川餐馆就餐。开店者是一位二流的诗人,却有一流的乡野情趣,他别出心裁,拿出来一种只限于他家的村茶待我。茶叶子模样粗糙,大大咧咧。我尝一口,接近当年簸箕柳叶味。同味

乡色酒
壬辰年 冯杰记

相吸。

他说：在京的四川人老远打车来，为饮一口这家茶。

回到村里，我问二大爷：还有簸箕柳吗？

二大爷一怔，想想："哪还有簸箕柳？连河滩上空地都开发完了。再说编笆斗的马十斤不在了，如今大家也不会编簸箕、拧笆斗了。"

看来，这雅念想一下就算是有了。

二大爷开始要领我开胸怀，展眼界，看县里推广的"新农村建设"。

我看到村外几处新区连着，一片叫"欧洲小镇"，一片叫"爱丽香舍"。另一片正在建，十多台吊车腾空，张牙舞爪。一位民工说，建成后要叫"家在巴黎"。

二大爷随口问："你说，巴黎是一种啥梨？"

二大爷怅然说："当年这楼下都是一池一池的鱼，一坑一坑的藕。"

二大爷最后说："这名字真他娘拗口。还不如叫簸箕柳区直截了当。"

2012 年 4 月 13 日　客郑

薄荷语录

薄荷开始是在我家墙脚谦卑的样子,根须慢慢传递过来。忽然,有一天就冒出头来了。全株清气通体,风格独异。

我姥姥说过,尤其是在"麦罢",热锅燎灶时能贴一片薄荷叶最好。常见她做饭时掐两片薄荷贴在额头。

姥姥向我说:你也试试。

我就唾口唾沫,薄荷才上去了,果真是一小片的局部凉。一时清心明目。

薄荷使人自警。如果被四则混合运算缠住时,这时薄荷能出现最好。

薄荷可以拌面蒸吃,在我家多是凉调。蒸吃就失去那种独到味道,不适宜蒸吃。以凉调居多。一碗捞面条浇上热卤,加入黄瓜丝,这时还不能算最恰当。最恰当是应该有几片薄荷点缀,白上添绿,大有神来之笔。像玉匠大师做工时的借势。

薄荷不可多吃,它会消解味蕾,麻痹口感,让你对其他菜蔬迟钝。

吃薄荷面条,好处是还可治感冒。

除了薄荷,我家还种有藿香。从植物亲系来判断,藿香像是薄荷的表亲。没有望眼欲穿的草木本领,你快速分辨不出来。

薄荷只能那么少地在院子里出现。如果种一千亩薄荷用来抒情,绝对是一件荒诞的大事。

我是用眼睛来抚摸那些草木的味道的。

　　青年时代上学时，我遇见一位姑娘。她父亲是火车司机，她有浓郁的火车情结。她说小时候就叫薄荷。

　　我白一眼，不满地说，你怎么能叫薄荷呢？

2012 年 11 月 26 日　客郑

說食畫

冯杰

天干

吃过大盘荆芥

菜蟒
馇
馇食

吃过大盘荆芥

（我写的是一种『荆芥散文』）

荆芥和薄荷都传列我的《异味志》里。

但是荆芥特异。荆芥与见识成正比。

我们北中原有一句俗话，形容一个人见识广博，经历过大世面，就会拿来荆芥，称这人是"吃过大盘荆芥"。荆芥一时成为一种成功与否的标准。

此为我村之见。亦如我见。

可见，吃小盘荆芥的都是一些凡人、小人物。要想出人头地，你必须改成大盘。

还有更多人是不吃荆芥的。

荆芥在其他地方不食用，多当中药材晒干使用，用于煎服治疗感冒、发烧，祛风解表。只有我们北中原乡下这一带采叶用于生食，凉调，或拌黄瓜或拌捞面。一千多年前的中原人就嘴馋，宋代苏颂《本草图经》说它"辛香可啖，人取多生菜"。这"人"就是河南人。它多有一股怪味，一般人承受不了。就像政府官员听到批评一样。

吃荆芥，你得胆大。

我曾经说过，荆芥、芫荽、薄荷，这些都是菜蔬中的异己分子，风格独行且为数不多，不俗。我自认为，张岱、八大山人、傅山，都是一身的荆芥味道。

荆芥本来就不宜多吃，一小碟，一捏，一棵，一叶，尝一下味道而已。荆芥价贵，过去一般是买菜时多趁机捎带上几棵。

一旦染上嗜荆芥之好，就百吃不厌，走火入魔。会拍案叫道：操，不过了，再来一盘荆芥。

在我们那里，荆芥的播种带有点乡村魔幻现实主义风格。秋后，姥爷将荆芥棵拔出，捆成一束束，吊在屋檐或窗棂，像"荆芥手札"。第二年谷雨时节揉碎，撒籽。姥姥说

項羽道白

鴻門宴上擺的可都是真酒，假一賠十。後一句俺是套用流行的廣告

丁亥年初三於聽荷草堂 馮傑製

项羽道白
鸿门宴上摆的可都是真酒,假一赔十。
后一句俺是套用流行的广告。

丁亥年初三于听荷草堂 冯杰制

过,种荆芥时,撒籽不可离地太高,荆芥籽受惊还能跌死。

我都是呵护着荆芥,拌上土粒撒籽的。

2008年6月18日

补记:原以为天下只有我村才独吃荆芥,满口异味,走入社会后,知道豫东、豫南、菏泽、襄樊等地的人民也吃,且人民情有独钟,才知道自己眼界果然狭窄,真是没有"吃过大盘荆芥"!

2012年11月8日　十八大召开日

菜蟒

村里对一种大菜馍的称呼。

蟒是大蛇,菜蟒自然就是大菜馍。我见过我姥姥、母亲是这样做"菜蟒"的,叫"盘菜蟒":

原料:

面粉半斤,鸡蛋三个,韭菜二两,粉条二两,盐,香油,酵母。

方法:

1.将酵母、面粉放盆,加水和均匀,盖上一方麻布。姥姥说:"停停,得醒一会儿。"

开始"醒"。等面发起来后,放案子上擀成薄片。

2.韭菜洗净切碎,粉条过水切碎,同放盆内。将一颗鸡蛋在盆沿上一磕,破壳,蛋清、蛋黄加入菜内,再加盐、油,搅拌均匀,平摊在面片上。摊匀后,卷成长条卷状,放入笼内。我们家的铁锅,虽是大笼,也只能盘两条菜蟒。

3.待锅内水沸起时,将笼放锅上。半小时后,蒸熟取出。食用时用刀切段。(我姥姥是点一炷细香来计算时间的,有时点一枝白麻秆。四十年过去,白麻秆一如点燃的一枝幽暗的月光。)

特点:

菜蟒软香可口。如果蘸蒜汁,愈发好吃。我姥爷多是就生辣椒。

我问为啥叫菜蟒?

姥姥说:你看,像大长虫一样盘着,气派。过去穷人家吃不起,只有皇帝家才舍得吃这大菜蟒呢!

　　穷了一辈子的人,经历了那些饥饿年代,这种称呼是否
包含一丝对食物表达的内心敬畏?

我心素如此。

客于郑时　壬辰年正月　冯杰

馇（食词解释之一）

在乡村口语里，馇，是乡村饮食中的一种烹饪过程或技法。

北中原乡村，把几种不同的粮食或食品放在一起，长时间地熬煮，才叫"馇"。烧粥叫馇粥，烧米饭叫馇米饭，煮菜叫馇菜。若不小心把饭烧煳了，则叫"馇过了"。

它有个特征：食物最后在锅里必须有"咕嘟咕嘟"翻卷之状，才能称作"馇"。若锅里是一片风平浪静的"细声慢气"，不能叫馇，那则叫"熬"。一种缓慢状态。像熬时光，熬日子。

"馇"，是一种乡土感怀逐渐浓缩的过程。

在北中原寒冷的冬夜，在一座明亮的瓦屋里，燃一盏高高的草灯，灯花四溅，光柱温润，铁锅里黄澄澄的米饭正在"馇"着，飘出阵阵米香与迷蒙的水蒸气。模糊着窗棂玻璃上的一方方剪纸，以及剪纸上悄悄走动的雪。

剪纸与雪一时融化。

雪夜闭门读禁书。我在一卷乡下暗黄的禁书上，还忽然让那些精美的汉字"插"了一下。

《金瓶梅》里就有许多我们北中原方言，100回里有"那老婆婆炕上柴灶，登时做出一大锅稗稻插豆子干饭"。一个尖尖的汉字的触角，造就古典的"插"。我想到馇。

这时，炊烟与饭香便从明代深处袅袅升起，飘过酒肆、官邸，和西门大官人的一座中药房，缓缓飘过来了，远至现代，暧昧且又温暖。

与北中原故乡的干草香同行,在我的乡村案头,正在翻动着碎米一般煮熟的文字。那时,让我也在"馇"着一纸芳香的汉字。

鸭说
"一斤鸭子八两嘴",其实说的是舆论工具的重要性。

丁亥年仲夏　冯杰又记

馇食 （食词解释之二）

我姥爷说一个人吃饭快，仓促，不讲究，毫无风度，就叫"馇食"。他说在村里十字口的饭场上，吃饭的有几个馇食，有几个不馇食。

校园铃声骤起，会是响得惊心动魄。我急着上学，一吃饭就显慌乱。姥爷说我："看你吃饭，像猪馇食一样。"

这比喻我知道。我能领会那一种形象。

因为我家里每年都要养一头猪，暮晚刷锅后，姥姥把一盆泔水倒进石槽，猪进食时，一个劲地用嘴来胡乱吞食，扑哧扑哧，嘴角边流汤水。猪生怕我也会和它来抢食。

有一年，村里集体杀猪，屠手"扁一刀"穿着胶鞋，连着放倒四五头。我围着看。有的猪内脏上布满一种"水灵"，杀猪师傅"扁一刀"说，这是猪馇食时，不计热冷，吃热食烫伤的。

猪吃食的声音像一双胶鞋在蹚泥，扑哧扑哧，扑哧扑哧。馇食，这个词只有用在猪身上形象。羊和牛就不是馇食，它们吃相就比猪雅致。动物里吃饭最有风度的要数马，嚼草声咯嘣咯嘣，像步一种"水平韵"的韵脚。

说白了，馇食其实就是抢食。在一个饥饿年代，不仅是猪，更多时是人无尊严，因吃可以不要尊严。人，也在馇食。

2012 年 12 月 9 日

治大國若烹小鮮也

咸次庚寅年
於聽荷草堂為哲學家
造像一方也並記 馮傑

治大国若烹小鲜也
岁次庚寅年于听荷草堂,为哲学家造
像一方也。

并记 冯杰

說食畫

冯煤

天干

瞅
冬瓜房子
打凉粉
地黄记
多余的筷语
多抽出一根筷子

瓞

关于"瓞"字,我敢说,要是当场考试公务员,大多数人会不认识。

这显得我一时有点卖弄。

说白了吧,就是小瓜。

北中原乡下有一种小瓜,叫"马瓞蛋",在蔓上结得一串串,若北斗七星。它先绿后黄,珍珠形的。我在童年时,割草收工后,在缓缓低垂的暮色里,常常将它放在小手上搓揉。

一掌芳香。

这种小瓜就属瓞的一种。如果选瓞的乡村排行榜,它能列为袖珍第一。

古人造字,上面放四个小瓜就成了"罴",但这是一种渔网,用于打捞沉落的星辰。瓜旁若再安上一个小角,就成了"觚",是一种盛酒的器具。用瓜盛酒,古人风雅到极致:清新、自然、乡土。现代人从来不用此法,因为宴会上喝"人头马"时,唯恐大家不知道,不透明就显不出尊贵与气派,还不能炫耀地位与展示富有。

至今,在宴会上,我还没见过谁敢用一只瓜去与贵妇人们碰杯的。(那一定是另一种瓜,名叫傻瓜。)

"瓞"字,从字形上看,照古人自右往左读,就是"失瓜"的意思。这种瓜因为小,可以从网眼里漏掉,因为小嘛。一只瓜在暮色深处独自行走。不小心绊了一脚,滚到一边,就会在乡间高高的蒿草丛里迷路。像我曾在乡村的芦荡里出游,走着走着,就摸不到家了,要哭,真像这一枚可怜不幸的

绿皮童话
壬辰秋,写故土一张虎皮也。
冯杰试色

小瓜。

忽然,听到风中有人喊起乳名。

人在缺营养时,也会无可奈何地长成"瓞"的。在故乡农村大兴"共产主义风"的时期,因为缺食少粮,那些年,我们那里的小个子就比现在普遍得多,矮人三分。以上是我不太准的感觉。

但有些出色的"人瓞"是应该排除在"营养不良学"之外的。我们乡下谚语,"个小人聪明",如书上说的拿破仑、庞统,还有另外一个中国名人。

老书上还有个成语叫"绵绵瓜瓞",是比喻子孙昌盛的意思。可见,都是说的小孩子们的事情,小孩子们成群了、多了,就不好管了。云云而已。

这成语八成是古代一个幼儿园园长所伪造,且他还一定是个小个子,不足一米一一。我如是推断。

如是我想。我敢打赌。

赌瓜。

冬瓜房子

——乡村人物传之一

"赵一刀"剃了一辈子头,才博得这个"一刀"神号。属于民间认可的一种美称。

他招收徒弟方式吊诡新奇。不叩头。他二话不说,会先送你一个大冬瓜、一只葫芦、一把剃头刀。

要求弟子在冬瓜上练习剃头。

时间大约一个月。学习操刀技巧,学习用拇指和食指来稳定冬瓜,学习稳定心情,学习有痰必须咽下去。且必须刮三只冬瓜,最后,一只也不能刮破。

一月之后,他会观察徒弟手下捧的冬瓜皮上的白霜。根据深浅,说,好,或不好。

一边凳子上坐着的一位等待剃头者,触景生情,脖子上往往会立刻冒凉气,像瓜上白霜,胆战心惊,说,我下次再来吧。

冬瓜性凉。八大山人赋予了冬瓜以人间一丝烟火味道。冬瓜一如顽石,然后是一只墨鼠登场,瓜影,夜语。有寒风穿越朱耷的秃笔,一方残砚都结冰了。叹息也结冰了,明末清初的残风,在朱耷听起来每一丝都是揪心苍凉,像丝丝断弦。而冬瓜意象在我们乡间则是它与一把剃刀和谐相处。村里胡半仙还有一句谚语,是称赞它的品质:"冬瓜入户,不进药铺。"说的是冬瓜在乡间一身的好。

它跨越时空,代代相传。夏天生长的瓜偏偏起一个冬天的名字,我推测是上面结一层茸毛像白霜的缘故。简直是一副冬天覆盖素单子的模样。

在我的标准里,有些草木用名字就可以避暑,就像在冬天有些名字可以烤手一样。名字里带"红"字的人,带火,必定革命性强。譬如看到情人名字,你会感到炙手,温暖,脸忽然发烧。

纸上童话
"剪剪黄花秋后春,霜皮露叶护长身。
生来笼统君休笑,腹内能容数百人。"
此宋人冬瓜诗也
壬辰年客于郑也　冯杰

冬瓜在我们那里又叫白瓜。许多人咏过。写冬瓜诗写得最好的不是我,是700多年前的宋人郑清之,一个几乎被淹没掉的诗人。"剪剪黄花秋后春,霜皮露叶护长身。生来笼统君休笑,腹内能容数百人。"最后一句端的是好。我推测是108人。童话。写的是一座白房子。

"冬瓜皮利水、利尿,泡水常饮,可治前列腺炎。"

这不是偏方单子,这是我对一幅冬瓜画的题款。画家没人敢这样落款,他们个个都是装雅,雅到脸上;只有我是真俗,俗到纸上。我就如此来在纸上煞风景,却自认有趣。想一想,天下煞风景的事大都是苦口良药。

白瓜让我明白:世界上的道理永远是瓜皮大于瓜瓤,瓜皮更大于瓜籽。瓜皮还大于一座长霜的白房子。

2009年12月

打凉粉

一进入夏天,过端午,需要"口凉"一下。姥姥两天前就说,要开始"打凉粉"。由我母亲来当助手。

乡村做凉粉的术语就叫"打凉粉"。使用一个动词,打。凉粉分两种:绿豆芡粉和红薯芡粉。绿豆粉透明、清亮,理想浪漫主义。红薯粉就显得脸色发乌,一派深沉的革命现实主义。

下嘴后两者各有特色。

把绿豆淀粉或红薯淀粉掺水,开始在一口大锅里熬制。掌握好火候,宜用猛火,最后熬成稠糊状,盛出来。在大盆里冷却,晾成透明体块状,凉粉就算打成。

调时用手托着,用刀子划成小块。最好用一片薄薄竹签切凉粉,没有铁腥气,才显得体。

凉粉有两种吃法:炒吃和凉调。加葱花作料,加油炒熟,叫炒凉粉。炒时用平底铁锅最好,受热均匀,不易破碎和炒煳。

我喜欢凉调那种,加蒜汁、姜末、小磨油、红薯醋、辣椒。勇敢者就再猛加芥末汁,尤其夏天吃凉调的那种,味道"最冲"。因芥末而打清脆的喷嚏,因喷嚏又引出缠绵的鼻涕,这是必需的"凉粉相"。

村子里逢初五、十五、二十五,有乡村集会,集会上摆满凉粉摊子。一把把红油纸伞下,大家捧着一方方瓷碟子,蹲着吃凉粉。辣得鼻子上冒汗。

乡村食谱里,凉粉不是主食,它是最没有力量的一种食物。乡村里说食物的能量、功能,往往和路程远近作以对比,吃好的食物,走的路程也远。

吃凉粉,饿得最快。

姥爷有一谚谣,道是"馒头十八(里)饼二十(里),凉粉只撑到下集",意思是吃了凉粉后,一场短暂的乡村集会从南到北赶过来就消化掉了。胃如一条空荡荡的失望的布袋,几乎要在乡风里飘起。

当年李自成如靠吃凉粉,肯定打不到北京城。

2011 年 3 月 17 日

鲜能知味也
我姥爷说:买菜图的新鲜。
壬辰年秋忆于郑州 冯杰记

凡菱笋鱼虾,从水中采得,过半个时辰,则色味俱变;其为菱笋、鱼虾之形质,依然尚在,而其天则已失矣。谚云:"死蛟龙,不若活老鼠。"可悟作文诗之旨。然人莫不饮食也,鲜有能知味也,作者难,知者尤难。
语出袁枚也,此为品味耳。

地黄记

（泽马之草宛如大地的面庞）

割草、拾柴时，在我家墙头砖缝上，我见过它，悄悄开自己的花。前年到太行山一座荒芜寺院，看到一位寂寥的僧人，在阳光下读《金刚经》；还看到一丛丛地黄攀缘上墙壁，似乎要上寺了，竟像草中飞侠。

我对地黄有两点看法。

一、地黄是泽马之草。

古人相信地黄喂马可使毛皮发亮。尤其是汉唐人如此迷信。白居易有首诗就是《采地黄者》，纪实唐代穷人采地黄卖给富人喂马，然后再换得粮食来喂自己。唐代强盛，地域广大，看来得之于地黄。"与君啖肥马，可使照地光。愿易马残粟，救此苦饥肠。"但是，一个国家如果弄到这地步，用地黄换来的土地肯定流失。

二、地黄是润人之草。

《抱朴子》载楚文子服地黄八年，夜视有光，两个大眼睛如五十瓦的灯泡，贼眼发亮。要论药性，数我们豫北"四大怀药"（我媳妇对我说，其他三种是怀山药、怀牛膝、怀菊花）之一的怀地黄最好。

为什么叫怀药？

古属怀庆府。

《抱朴子》又说：地黄苗喂五十岁老马，生三驹。又，一百三十岁乃死。我的考证推算是：马的寿命一般30年左右，益寿延年的顶多60岁。关老爷的赤兔马只活了40岁，守节，"数日不食草料而死"。马40岁相当于人90岁，难怪要被东吴的一条绊马索拉倒。马老失睌，人嫩失身。但是如果一匹马能活到130岁，肯定称不上老马识途，只能称老眼昏花。古代形容人是"老而为贼"。现在形容人却是"老有所为"。这样，当官的都不愿意退休，造假，耍赖，改档案，把自己年龄想法弄小，造得一个个像长皱纹的嫩黄瓜。

医书上说地黄，功能"填骨髓，长肌肉。生精血，补五脏，利耳目，黑须发，通血脉"。像当下提倡的某某主义，这真可怕。

我们村里采地黄当中药来卖，让别人来吃。近似唐人。在田间，在地头，都有它闪烁的身影。花叶显得朴实，一声不吭。地黄懂得忍耐。

我姥爷说过，大地种一年地黄，地的味道也可变苦，第二年就不能再种，得等七八年。好在我家不种地黄，只种红薯。

少年时读禁书，看到贾宝玉在晴雯的药方子里加上过茯苓、地黄。宝玉说：女同志服点地黄好。比服大黄要好。吃药是一种艺术。

这小兔崽子不知道大观园外面有一棵地黄。

2010年8月

多余的筷语

我姥姥还坚信村里一个风俗:一个女孩子如在家里吃饭使筷子低,将来会嫁得很近;使筷子高,会嫁得很远。

这有点意思。我想,要不使筷子,使勺子或叉子,就嫁不出去了?我有这一想法,只是没敢说出。

鉴于这个道理,我母亲不想让自己的女儿远走,每次吃饭,总是提醒,让我姐、我妹们把筷子拿端正。大家都端坐,都不笑。

筷子丈量一人一生。世间炊烟里低飞有一种筷人筷语?

我又找到证据:

20世纪有一年仲夏,我同一位来自遥远的长白山姑娘相遇在皖南,看陈独秀种枇杷。枇杷一酸,就说起来旧日食事。她母亲是满族,她那一手异端邪说的烹饪理论让我叹为天人。

我问:你怎么千里迢迢大老远要嫁到内地?像白求恩?

她淡淡地说:筷子使得高呗。

我是一惊:你家也有这一讲?

2012年11月14日 客郑

天下大事

天下最大的事情
就是把筷子使好

甲午年初冬泽友人
莲素旧帝挥篆後
又挥筷也 冯杰记

多抽出一根筷子

——一种乡村象征

筷子笼是用高粱秆编制。挂在我家厨房墙上，一年四季烟熏火燎，像吊着一个满脸世俗相的蜂巢。

早上吃饭抽筷子时，如果不小心顺道带出来一根，便听哗啦落地。我姥姥马上断言：今天要来客人。

日升中天时分，果然应验。来了一个打秋风者。

在村里，多数穷人家就怕来亲戚。这除了招待上麻烦，心理上还要费一番周折。我家来往访问的都是一些不咸不淡的亲戚。我姥姥人缘好，在全村聚气。

我们家喜欢有客来访。那样，院子寂寥的花草也显得冲动热闹。

面对贫朴的日子，必须保持喜悦的心情。那一根多余的筷子会做出一种暗示，让我们提前去做准备：择菜、盘面、备柴，安排，布局，或到邻家借凳子、搬杌桌。河对岸的山东孔老二说过"有朋自远方来，不亦乐乎？"他一定感觉太突然，他没有提前感知到那一根抽掉的筷子。

在乡村亲属圈里，"亲戚"的概念简单也复杂。乡村亲戚是会越走越多，有点像一种"亲情传销"，五年下来，方圆十里细说计算起来，"亲戚"都能粘连到一起。有的人家连续互走了两代的亲戚，酒醉后就不知如何称呼。

当年，我的一位"老姥娘"（就是我曾外祖母）说：老亲戚当断则断，要不，时间一长，要"串亲"，和毛主席他家也能攀上亲戚。皇亲啊。饿不死。

我笑，那样肯定就会走乱了。这也是抽筷子带来的麻烦之一。

走亲戚是北中原一种世俗的民间乡情。童年时，我经常牵着姥姥的一角衣襟走亲戚。对于我来说，主要是为了到外村开开眼界，譬如看鹌鹑斗架，看大牲口厮咬，看别村的蚂

童话
一次旅程的记忆。冯杰

蚁上树,能吃上一碗捞面。有时还能在亲戚家讨得一角、两角的"割耳朵票"。新票子纸质锋利,用好纸印制,哗哗响。

走亲戚时礼品约定俗成,来时扎上一方柳条篮子,里面装满时令水果、油馍、烙馍、鸡蛋、点心。后来有了瓶装罐头。双方坐定后,客在主家吃上一顿鸡蛋捞面,说些陈谷子烂绿豆的酒话。饭毕,再跟随姥姥原道返回。暮色向晚。

那两瓶罐头都失效过期,也舍不得吃。

我还记得张堤村的亲戚讲笑话,讲得有过程,说有一次喝醉,拿筷子当鸡爪,吃了一根半。

我1964年生,在思想上却是一位唯心主义者。

唯心主义的表现不仅仅抽掉一根多余的筷子。

有情人来生就做一双带绳的筷子吧,那样不孤单。

2011 年 10 月 14 日　客郑

說食畫
滔雄

天王

翻烧饼
方甘蔗
犯

翻烧饼

——『纸上谈饼』之一

如果把语言翻起来论，这是两种概念：

一是用小火炉把鏊子支起来做的一种面食饼。

二是一个"乡村隐喻"。形而上。

村里私下称那时的政策就是"翻烧饼"，左右正反，上下颠覆，让人把握不住。如："大跃进""放卫星""反右派""批林批孔"……（以上词汇如果不加详细注释，就不会知道背景，让人一头雾水。）

对"翻烧饼"一词体会最深的，恐怕要数村里的干部，谈起来一日三变的政策，个个都有点谈虎色变。

我在一个叫孟岗的小村镇上小学，经常看到那些干部模样的人，今天在台上还是吆五喝六地批判别人，到第二天，就忽然变成了"批斗"的对象，在大街上游行。一个个戴着纸糊的高帽子，上面写着他的名字，再用红笔打一个大大的红叉。

李书记翻别人的烧饼，别人最后也翻李书记的烧饼。

今天听起来，这有点近似乡村魔幻与荒诞，像成人版的"山海经"。

"翻烧饼"被解释成政治上"反复无常"之意，在乡村反复使用了几十年。

我原以为这是北中原首创的乡村口语，只流传使用在本土范围之内，后来，竟找到一种近似的出处，看《唐宋遗史》里记载：

> 太宗北征，咸云："取幽蓟如热鏊翻饼尔。"呼延赞曰："书生之言，未足尽信，此饼难翻。"后果无功。

司空图《廿四诗品》"洗炼(练)"一章。戏制也

如矿出金,如铅出银。超心炼冶,绝爱缁磷。空潭
泻春,古镜照神。

体素储洁,乘月返真。载瞻星辰,载歌幽人。流水
今日,明月前身。

我觉得司空图是在说炸鱼的方法,说油质,说上
盘,又说鱼的身世。十分广告也。

丁亥初,与诗与烹饪混为一谈耳,冯杰误读出新也

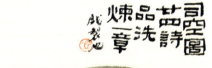

可见这也算俗语"翻烧饼"的文字来历。让我把它误读
了。古人有时记大事时,会忽发一丝散淡闲心,就故意留一
笔待我来看。

我更愿意把它当作在小火炉上做的一种乡村面饼,那
样多好,乡村本色,原质,单纯,它最拒绝"隐喻"。"绿蚁新醅
酒,红泥小火炉。晚来天欲雪,能饮一杯无?"再加一个烧饼。

方甘蔗

多数人一定没有吃过这种"方甘蔗"，我旧日吃过，如今也吃不上了。

甘蔗源自古代交趾，就是越南。在南方习以为常，在北中原农村却很少。小时候，我们发音叫"广东葛党"，不过千万别误会这是一个新政党，这纯粹是方言土语的缘故。

父亲说过："造白糖离不开甘蔗。"那时在北中原乡村，白糖是很金贵的东西，只有当官或有门路者，才能凭糖票到人民公社的"供销社"买上半斤。

到我们村的甘蔗都是从遥远的南方而来，很不容易。它们没明没夜地往中原赶路，要坐许多趟火车，再转汽车，最后转坐马车，才能姗姗来到我们的小村。有时，它们中间

方甘蔗
在这个世界，只有贫朴人家才去注意那一些掂斤拿两的生活细节，能延伸出来一种内在的光芒，它温暖笼罩着我。

壬辰年秋客于郑州也　冯杰并记

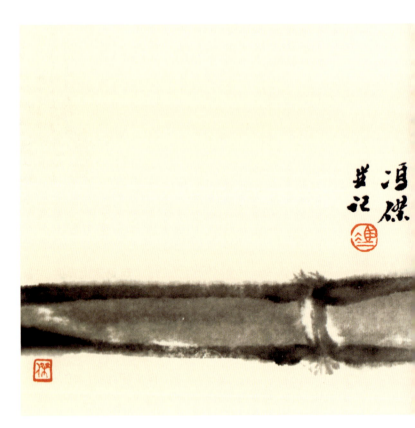

有一棵是"伤蔗""病蔗",不小心还会全身发红,一发红就发霉,一辈子算完了。

发红的甘蔗不能吃,有毒,能要人命。不过多数甘蔗等不到脸庞发红,就让我们咔嚓咔嚓用牙齿报销完了。乡村儿童是"通吃"。

现在的孩子生活优越,大人们都是成捆成捆地往家买,还有榨汁机。这种现在看起来再平常不过的景象,在我童年时,却是不敢想象的。

今年春节,我和九岁的小外甥女闲聊,曾问到她吃甘蔗的方法。她想了想,说:"先吃梢,再往下,才能越吃越甜,这样有意思。"

我为现在的孩子能拥有的一种幸福感而欣慰，这是最健康的思维方式，里面还有一种对未来的憧憬。《世说新语》里还有"渐入佳境"一说。

我小时候却不如此，多是先从根部开始。现在想想，所谓生活，也不过只是一棵两米高的甘蔗而已，如果不是过早发霉，每一个人都要一直吃下去，结局不外乎是从上吃或从下吃。人生的吃法不同而已。

对我而言，根部就是童年。最甜最幸福的是童年，因为那时我能拥有外祖母。这种潜在的东西甚至影响着我的那种狭隘的世界观和文学观，从此让我认为，看文章的好坏也应从后面往前面看起，甜不甜一试就知道。不骗你，大多数作者都经不起我用这个办法去套。这有点损。不过有时也会碰到高明的作家，他会把"甘蔗"一分为二。这种人极少，以后有成为经典的可能。

接着，还是来说童年的甘蔗。

那时自己是"黄口小儿"，觉得甘蔗最难啃的也是根部，它质地坚硬，还留有扎嘴的甘蔗胡须，一不小心会把牙齿硌坏。好多次，曾让刚换的新牙啃得满口松动，以至跑起来，感觉满口都有丁零咣啷的声音，像携带着一个空桶，里面只剩下走动的马蹄声了。

以后再啃甘蔗根就可以套用曹操的那句"鸡肋"之语，叫"食之硌牙，弃之可惜"。

有一天，姥姥端出一个青花瓷碗，里面放着整整齐齐的小方甘蔗块条，大小均匀，捏一块吃，既甜又不硌牙。原来这是姥姥把我们啃不动扔掉的甘蔗根从地上捡起，再加工整理而成的。我问姥姥如何切法？

姥姥开始示范：

拿起一截啃不动的甘蔗根,先剔去甘蔗胡须,再削紫皮,案头立刻像削下一片片紫色卷花。削干净后,将甘蔗一头立在案板上,从中间破开,再让它们背朝上趴下,一分为二,码整齐后,从中间最后来那么一刀。成了。

　　每一块二指长,整齐均匀。这就是我童年时一个"方甘蔗"的故事,情节最甜。

　　如今的孩子不会吃到这种方甘蔗了,主要是不屑一顾。现在,谁还会对默默丢在角落的东西关注呢?在这个世界上,只有贫朴人家才去注意那种掂斤拿两的生活细节,譬如外祖母这种"方甘蔗"的制作方法。多少年后我还能感觉到,这些细节能延伸出来一种内在的光芒,它温暖着我。

2002 年 2 月 25 日

犯

（来自村医胡半仙的临床经验）

在我们村，这个词不作犯人、逃犯、犯法、犯事这一些"违法词"来讲的。北中原说的"犯"，就是妨碍、相克、相对的意思。

先说女人与犯的片段。村里女人怀孕期间，吃、住、行，若"犯"了，可是一件麻烦事：

忌食兔肉。犯之，生的小孩豁嘴（不宜当主持人）。

忌食狗肉。犯之，生的小孩会常舔嘴唇。（是个小馋嘴猫吧？）

忌食驴肉。犯之，生的小孩头长、脸长、脖长。我们那里还称驴脸为"老长"。

忌食鱼肉。犯之，生的小孩皮肤有鱼鳞斑纹。（日后能当游泳冠军。）

忌食鳖肉。犯之，生的孩子脖短，好缩头。乡下有"缩头乌龟"一说。

忌食猪脑子。犯之，生子蠢笨如猪。（有何不好？猪八戒还是爱情至上主义者。）

忌食鸡脖子。犯之，生子爱好与人吵架。（是一只斗鸡？）

忌食鸭子。犯之，生子会左右摆头。（建议：以后去当时装模特，可走猫步。）

忌食螃蟹。犯之，生孩子要口吐白沫，走路呈八字。（长大可以在黑道社会上横行！）

忌食黄鳝。犯之，小腿肚会转筋。

忌食泥鳅。犯之，生子是个小滑头。（照此推断，如今社会上各类机会主义者的亲娘，当年怀孕期间，一定偷吃过泥鳅。）

忌食虾米。犯之，生孩子眼睛小，我们那里恭称为"虾

适莽苍者，三日而返。此庄子《逍遥游》之句也。

老子在村里就能刨食儿，干吗要到百里外的城市去打工谋生？
想想，庄子这小老头说的，可是我家屋檐下的鸟？
戊子年秋日读庄子一书漫游也。

腹犹果然
二零零八年于听荷草堂，冯杰。

适莽苍
者三日而
返 …… 莊子

消遥游
之句也

老子云
村裡就贼創
食兒干吗要
我百里外的
城市去打工謀
生想莊子這小老頭
说的吧是家屋檐下小鳥
戊子年秋日讀莊子一書 漫游心

腹猶
果然

二零零八年
於聽荷堂
堂馮傑

米眼"。(我统计过,眼下当红的韩国美女明星多为小眼睛。)

忌食葱蒜。犯之,生子狐臭。(日后可做央视洗净液的广告代理人。)

这是一个乡村老学者告诉我的。我听得目瞪口呆。我说那啥都不吃算啦!一定能生出来个国家主席。大家都笑了,说,"犯"啦!

老学者觉得我持怀疑态度,缺少"乡村学术严谨",就举例为证:从前,村有一孕妇,在走亲戚途中,过菜园时偷掐一把韭菜塞嘴里,结果等生下一子时,看到在小孩嘴里,果然噙着一撮鲜嫩韭菜。

我击节笑说:那像天生一把绿胡子。

"那还是我多年前的媳妇呢。你信不?"他肯定说。

这样我就更不相信。我是一个写小说的作家。小说家与当下政客们目的不同,有一点相同,双方说的都是一本正经的虚言假话。

說食畫

天王

耿饼
瓜忌
葛花就是紫藤·豆科
关公脸是什么脸
根的归宿
杠子馍记

耿饼

耿饼,是风干的记忆。

我姥爷称呼柿饼为"耿饼",那时我没来得及细问。只知道耿饼就是柿饼的别名,像人有乳名。

三十年后,看《儒林外史》,第一回里记载王冕自山东回家,有一段琐碎的文字,端的是好文字:"打开行李,取出一匹蚕绸,一包耿饼,拿过去拜谢了秦老。"后面有注释,才知道为什么叫"耿饼"。

也知道我三十年前吃过,并且瞎吃了三十年。

山东菏泽与我们那里一河之隔,黄河为界,河东河西。菏泽耿庄出产柿饼,故叫耿饼。耿饼以耿庄为中心去画半径,因为近,自然要销到我们北中原那里。菏泽古称曹州。当年那里有个"革命家"黄巢,要推翻旧社会,和我们长垣县的大盐商王仙芝配合,两支革命队伍会师后,把江山折腾了一番。这耿饼更早叫曹州耿饼,据说,在明代就是贡品。皇帝曾坐在龙椅上,一边上朝批阅奏章、下文件,一边大嚼柿饼。

耿饼特征是小而厚,橙黄透明,霜厚无核。近似明人小品。

我们北中原乡村集市上是这样卖柿饼的:

用细长的柳条将柿饼一枚枚穿起来,一串串挂在车上,我们戏称为像是穿"驴粪蛋蛋"。那时,我跟在姥姥后面在乡村走亲戚。我们送去杏果,回时,亲戚多回赠这样的柿饼,叫"压"。

至今,北中原偏僻的集市上还有这样的卖法。古风犹存。让我看得恍然如梦。

柿饼上的那一层白粉，叫柿饼霜，属自然而生。常被姥姥收集起来，用纸包好，储存到瓦罐里。每当我烂嘴或舌头溃疡时，就敷上一抹柿饼霜，很快就会痊愈。

在严冬乡村，吃柿饼时我先用舌尖舔舔，再慢慢收回。感觉柿饼霜就是耿饼出的一层细汗。

2007 年 9 月 5 日

吃軟不喫辣

老子的口味一向如此

這個老子是古代的早浩傑

瓜忌

南瓜，全村以种圆形的最多，像播种时砘地用的石砘子（"砘"这种农具如今消逝不用了，我如今还收留过几个，作镇纸），大家干脆叫"砘子南瓜"或"倭瓜"。这种瓜瓷实，重量一般不会超过10斤。

有一年，我姥爷种过一种优良南瓜，名字竟有一种动感，叫"狗伸腰"。还有人叫"枕头南瓜"。静态。但可见其形象生动。一个南瓜竟能长二三十斤。口感干面。在乡村销售时，这种南瓜卖得最快，像如今书店排行榜上的畅销书一般，大受欢迎。同样含水，不过瓜比书实在。

那一时刻，人伸的腰往往会比狗腰还长。

我们北中原乡下却忌讳叫喊"卖南瓜"。大家公认这种口语的喊法是在骂人。

从语音上，我就推敲揣摩，大概"南瓜"是"难过"之谐音也。

想想也是，乡村的生活本来就艰难，日子沉重难过，谁还要再买来"难过"带回家？日子岂不雪上加霜？从措辞上看，乡村人也爱吉语，喜讨口彩。像现代名人嘴角喜欢挂一串"8"和"OK"。

所以那时走街串巷的小瓜贩子一律喊成"卖大瓜"。生活里，他们虽然不"文学"，也懂得使用"借代"手法。

在北中原必须喊"卖大瓜"。这是规矩。那一时刻，你喊"卖狗伸腰"不行，猛一听以为是在卖狗肉；喊"卖枕头"就更不行，暧昧。所以必须喊"卖大瓜"。

衡量南瓜优劣，用指甲试之，以瓜皮掐不动，瓷实的为好。掐动的就是年轻不宜"主政"，入锅不面。

秋冬之交，田野里的南瓜开始经霜退场。小胡同口若有人喊"卖大瓜"者，就知道那是卖南瓜的光临了。一村人听到，便都心照不宣，心领神会。出来，与"大瓜"相遇。

2007年2月

卖老图
"老南瓜最面。"我北中原故乡的一句经验之语。
丁亥初夏客郑也并记，冯杰。

賣老圖

老南瓜最面
秀北中原故鄉的一
句經驗之語 丁亥初夏
宅鄭也岸記 馮傑

葛花就是紫藤·豆科

紫藤最易入画。纠结着宣纸。

它在任伯年、吴昌硕、齐白石诸位的笔管上，纵横不一，上下缠绕。

在我们村里，它只是村花的一种（其他四种村花，计有枣花、杏花、柿子花、洋姜花），我们一家都称作葛花，方言发音读作"葛火"。

那些年，北中原还没有大搞新农村建设，村子四周的杏林里，布满紫藤影子。它可食，减少了饥荒年代全村人的一丝惊慌。

在一个村子全部树木家谱里，它最早开花，在枯藤上，不吐叶子就先开花了。先花后叶，显得退后的叶子有谦让的美德。我小时候割草之余，骑在缭绕的藤枝上面，当作马匹，大家都在做一种关于速度的游戏。传说里面藏有赤练蛇。

我后来搬到长垣县新院，在选择树种时，首先想到那一束"葛火"。就从滑县老家带来一枝紫藤埋下，细香般的藤蔓慢慢长粗了，粗成筷子，最后爬满楼顶。每到开花时节，在胡同口，远远就能看到那些花影装满了整个平台。

我家的这一棵葛花藤有个规律：一年盛开，另一年就不开。叫歇花。

每到葛花开放的季节，我就伤感——母亲是在这个季节去世的。那一年的花季，葛花宛如在抢着开放，像某种预言，像和我母亲作最后的道别。它们开给我妈看。

第二年，葛花树竟是一穗未吐。花沉默。一齐沉默。

去年在北京，一位画太行山的山水画家要请我赴宴，我担心浪费,怕他开满汉全席。对方却说要吃京城著名的"紫罗饼""紫罗糕"。坐定,我看了看,一尝,觉得就是用我家的葛花做的。

对待紫藤花,我母亲当年有三种做法:

一、水焯凉拌。

二、做蒸菜。

三、裹面油炸后再上锅来蒸,像蒸酥肉。

2012 年 11 月 14 日　客郑

关公脸是什么脸

"关公脸",是北中原对一种高粱的称呼,并不是喊关云长。

在留香寨村里,玉米称玉蜀黍,高粱称红蜀黍。

红蜀黍还有两种品名:一种叫"九头鸟",一种叫"关公脸"。一个村子里割高粱的专业术语叫"剪高粱""扦高粱"。空秆子过后再说。用一片巴掌大的铁篾刀。刀状是一张16开纸一分为四的大小。日本松下机器在案头复印着记忆里的红高粱。刀光剑影。

有友约我画《红烛记》,我画了两炷高粱。觉得应该如此来题。有一幅高粱图,我落款为"大地的力量"。

这种高粱面相枣红、深红色,就似关公脸。

那些年麻雀多。高粱红熟前一段,我姥爷要让我在高粱秆上系红绳,拴红布,风生水起,虚张声势,来吓唬麻雀。相当于现在报纸社论上的涉外抗议。乡下人以这种温和的手法应对前来的田野小贼。

这手法不可常用。那天一看,我笑了:关公脸上站着麻雀。

草木毕竟不是政治。

九头鸟高粱有个好处,棵子矮实,如玉米棵粗壮。我们后来发现:它竟可以当甘蔗来吃,尤其在地窖里储放一段时间。

胡半仙对我姥爷说过:高粱颖果还能入药,能燥湿祛痰,宁心安神。

我听后首先笑了,说,是治肚子饥吧?

我姥爷白我一眼。他信这位妙手回春的胡医。

力量
大地的力量。壬辰年秋天。冯杰记。

力量
大地的力量
壬辰年秋天
冯杰记

整理碾平好的高粱篾子，在地窖里用水润好，可用来编芡子，用于囤一年的粮食。谁家里芡子越大，象征越富裕。再一个是编席使用，席色有黄篾、红篾两种。手艺高超的艺术家总想创新，譬如村里的编席匠马十斤之流，就经常在席面上编成"喜"字、"福"字，以及花草图案，这时要使用红蔑来区分。

面对乡村颜色的态度，已经没有手工篾匠如此有匠心了。关公不再夜读，水泥高耸，镭射四起，关公脸从春秋里消失。脸色由红变绿。

2012年9月11日　客郑

根的归宿

菜根不会冠冕堂皇地正式在宴席菜盘里出现,那是误配。它多是菜叶的陪衬。

菜根,一般人家弃之不用,也有留着舍不得扔掉的。我姥姥对每种菜根都相当珍惜,一一来收留,收用。

菠菜根,芹菜根,白菜根,苴莲菜根,芫荽根,这些"局部蔬菜",经常在我家灶台上粉墨出场。

一个厨子只有闲心时才可以看到这些细节:菠菜根红,芹菜根青,芫荽根灰白,白菜根象牙白。菜根只要摆在一起,就会像豫剧里的净末旦丑,各见色彩。

菜根最易被方圆五十里内的衮衮俗厨忽视不用。主要是这些择菜者年轻,喜欢先锋菜,没有被饿过肚子,没有经历河南的1942年、河南的1958年。

我发现芹菜根还可以生吃。我姥姥经常把舍不得扔的白菜根从中间破开,清泡盐水,用于腌一味小咸菜。菜根系列里,最有医药价值的是芫荽根,配上葱根(叫葱胡),在我家用于烧汤治感冒。

韭菜根不能吃,可以留着,留着以便东山再起。

从小得的某种习惯,会让人落下一生去不掉的毛病。我就继承了蔬菜留根这一习惯,看到别人做菜前丢弃菜根,可惜不已。我还有个毛病,长文不佳。这是当年乡村语文老师在我背不好《陋室铭》之后说:凡是天下超过两百字的文章,都不是好文字。

文字不包括菜根。

有的菜根命运不好,最后入了垃圾箱,入了鸡肚子,入

时情重现,灯下夜话。
壬辰秋 冯杰

時情重現
燈下夜話
壬辰秋 馮傑

了猪肚子,甚至狗肚子。

没有人会为菜根来费脑子。

后来想想,这和入人肚结果一样。无非谷道轮回,无非殊途同归。

2012年12月4日　客郑

2012年12月5日　鲁山下汤

杠子馍记

北中原乡村把馒头多不称馒头，称为"馍"，口语，简洁。我在村里二大爷家陪客时，常劝客人说的一句话就是"馍好放，先喝汤"。

九棘村是一个蒸馍村，全村要数老韩家的杠子馍最有名。老韩平时在公社当伙夫，回家后夜里再蒸馍。

因为制作馍时要用一根杠子来回轧，就叫了杠子馍。十里八村有红白喜事，都请老韩去盘面蒸馍。

老韩的馍果然是好，开水一泡，软如蛋糕。于是他就口满，说，我这才是"馍样子"。这话的意思就是说，老韩的馍是蒸馍村的"唯一标准"。那时候还没有"实践是检验真理的唯一标准"这一说。

蒸馍是一件辛苦活，每天五更天不亮就起来，开始用杠子轧面。为了让馍好吃，老韩把杠子一头固定在墙里，他斜着身子在另一头，坐在杠子上轧面。用这样盘出来的面蒸馍，才有层次和韧性。每团面都轧几十遍。老韩瘦得像棵葱，一棵葱就在灯影里一高一低。

我家冲馍水的馒头，都是九棘村出口而来的。

老韩家的馍好吃还在于一个用水秘诀。老韩给我二大爷说过"冬用滚锅水，夏用井畔凉，二八月里洒手水"。冬天冷，和面要加滚水调和；夏天热，自然要用凉水；二八月不冷不热，要用手试一下恰当的温度，这样面才能发到火候。

我们那里把买馍叫"称馍"。

"老韩，给我称二斤馍。"都这样称呼。

那一天，我去称馍，见到老韩，他伸出手。我看到他因杠子轧面蒸馍五指变形弯曲，像鹰爪。

有一年，我跟我爸去公社吃忆苦饭。老韩用沾面的鹰爪拍了一下我的头，还表扬我。

这年冬天,老韩要到公社办一件事情,给李书记提去了一篮子杠子好馍。李书记收下了。李书记先试吃完一个馍后,抹抹嘴角的馍花,咳一声,说,提鸡巴一筐馍就想办成这一个事?笑话,让你媳妇送来馍还差不多。

　　那天,我哈着手,正好给李书记送鹌鹑。

　　我那时小。我一直不知道这个提鸡巴一筐馍的老韩要办的是一件啥事。

2012 年 12 月 17 日

說食畫

潘偉

天干

黄瓜菜都凉了
好面
化学变化一种·变蛋
糊涂
槐花碎
红薯的处理方法
红薯必须晒干
狐狸头瓜的称呼
喝讫

黄瓜菜都凉了

小时候见姥姥切完黄瓜，最后剩下薄薄一片，舍不得扔，就贴在脸上，说厨房闷热，这样就有一点儿清凉。四十多年以后，我看到这竟成了女人们的一种时尚，说这种方式美容。

小时候，有人问我黄瓜来源。

我说来源于我姥爷在村北地的那一片菜园。

后来看书，知道黄瓜姓胡，名瓜，无字无号。(这点不像古人。)原来叫胡瓜，因后赵王朝的石勒是羯族人，对称胡人恼火，所以反对以胡字开头的瓜菜果蔬，就改为黄瓜。

古今的大人物经常因自己底气不足，就以为文人含沙射影，就像秃子面前不能说光和灯泡一样。

学者把天下有胡字的植物来源都归功到张骞头上，从西域带来，这无疑是一种偷懒。美国人劳费尔有一本妙书，我放枕边，叫《中国伊朗编》，道出黄瓜的出身秘史，里面自有黄瓜的来生今世，煞是好看。

苏东坡卖没卖黄瓜待考，但苏轼与黄瓜走得也近。蔬菜公司以后可以把苏东坡当作黄瓜代言人，这主意是好。苏子有词："簌簌衣巾落枣花，村南村北响缲车。牛衣古柳卖黄瓜。"

我断定苏轼一生肯定有一边嚼黄瓜一边填词的时候。黄瓜减肥。

我在北中原的雨中种过黄瓜。

培育黄瓜苗前，将籽置于碗里，盖一层洁净抹布，放在温度适中的炕上或灶台上。三四天后，雀嘴般大小的瓜籽开始吐舌。便可栽种。姥姥说，瓜籽见油腥味就不发芽，像千金小姐，黄瓜最娇贵。

我一直困惑这一句话,我们村里,形容事情办砸或耽误了,就叫"黄瓜菜都凉了"。

2009 年 5 月 12 日

好诗宜脆也。壬辰秋,冯杰有感也。

诗宜朴不宜巧,然必须大巧之朴;诗宜
淡不宜浓,然必须浓后之淡。

黄瓜宜脆不宜老,然必须脆中之脆也。

前句为《随园诗话》袁枚语,后为听荷
草堂冯杰说也。

好面

　　北中原乡村人对事物的判断,观点和取向单一、简单,仅以"孬""好"二字来区分:人有好人孬人,事有孬事好事,官有好官孬官,话有孬话好话。

　　引申到粮食,麦子面也叫"好面",白面馒头叫"好馍"。按说粗粮本该顺理成章地叫成"孬面",不料在乡村土语里峰回路转,宽宏大量,不这样称呼,麸皮较多的麦面叫"下面",其他杂粮而是叫"杂面"。

　　乡村日子更多是在杂面里度过。四季风声穿过黑馍。在乡村,说谁家的媳妇光吃好面,那是暗喻浪费,不会过勤俭日子。我姥姥说,"想省粮,光喝汤。不想过,吃烙馍。"

　　她总结的中心思想是:吃油饼烙馍是最大的腐败。

　　一年四季里,母亲只有春节时候才舍得用,大张旗鼓地使用好面,总不能让前来的亲戚也吃杂面。

　　母亲带领全家,用白面蒸上一簸箩馒头、枣花(一种加枣的白馍)。在春节,好面馍就如一池的白荷花,从正月勉强开放到十五,就败了。马上加入粗面。

　　几个舍不得吃的白馒头要留给远方欲来的亲戚。我只好眼巴巴地看着簸箩。

　　一天,门外一声梆子脆响,如脆玉落地。唱《莲花落》的。却是黄河对岸山东过来的要饭人,称河东人。那年头,黄河两岸都发过水灾,两岸互相移地讨饭。能唱几句快板就是要饭的道具。

　　　　呱嗒板,响的响,

　　　　今天来到你门上。

　　　　你家门面高又大,

童谣

童谣
"腊八祭灶,年下来到,小妮儿要花,小小要炮。"这是小时候的北中原童谣。春节可是乡村孩子们盼望的日子,而大人们却略略有些发愁。

丁亥初一忆事 冯杰

门前开朵大莲花。

我忙开门，见一个老妇人扰着一方柳条篮子，扯着一个赤脚孩子。那孩子在风中流着鼻涕，像草秆上挂串露珠。

女人说：大兄弟，俺两天都没吃饭了，给孩子一口馍吧。

是说我吗？我心想。俺家还吃粗粮杂面呢。

便看她接着把竹板打响，看那劲头，是准备又要唱第二段。

母亲出来。母亲看我一眼，又看看我们家低矮的屋檐，笑了："哪有大莲花啊！"

母亲回屋。我忽然知道母亲想干什么。却晚了一步，母亲把簸箩里仅存的几个好面馍都倒到要饭人的柳条篮子里了。那篮子真大。

不一会儿，"好面"般的声音又在另一个胡同里想起。

············

你家门面高又大

门前开朵大莲花

············

2006 年 5 月

化学变化一种·变蛋

田文发骑着一辆永久牌的旧自行车,在胡同的春天里穿行,像一只铁蜻蜓。

他一路吆喝——"代加工变蛋。"

在北中原,田文发是可以上升到那一种"烹饪手艺人"系列的。他这种职业很特殊。过去在开封做过饭,有病返乡。他说靠自己的手艺供孩子在开封上学,以后还要在开封给孩子买房子。

变蛋,是我们那里对皮蛋的一种称呼。吃时切块,拌醋,或拌黄瓜,即可入盘上桌。有的人干脆拿起一个直接入口。每次我大舅来走亲戚,就是这个吃法,一次连着可吞五个,也不怕肚疼。我父亲不主张食用变蛋,他说那里头含铅,伤脑子。

田文发在小胡同里制作变蛋,我放学后围在一边看过。有时他会嫌我们碍事,要让靠边站。

我问,你变蛋的好处在何处?他说,我的变蛋是青缸色,还治眼疼、牙疼、高血压、耳鸣。

我笑了,说治肚子饥还差不多。

他说,我这可是一种化学变化。磕开皮,你能看到蛋黄上有松枝的图案,别的人变不出来松枝。懂不?是化学变化。

我觉得他话里有话,他分明是欺我"数理化"学得不好。

这手艺看起来简单,不须下多大本钱。田文发手头加工一个变蛋,要收5分钱加工费。

我说,你一天加工一百个,要想在开封买房子,就得从宋朝开始蘸灰做变蛋,才能凑够这钱。我这是一种反驳,用来证明自己也会算账,且数学好。

加工一个5分,我母亲仍然嫌贵,觉得这是一种奢侈。

哪有自家吃变蛋请人来变的？母亲就找来红胶泥、草木灰、白石灰、干茶叶，配料搅浆。我妈要自己来变。

在一个晴天。挑选好均匀的生鸡蛋们，先是白石灰裹鸡蛋，再上层草木灰，最后，滚上一层稻糠皮，四十来个鸡蛋挤在一方罐子里，像一家人在冬天抱团取暖。

一五得五，四五二十。母亲直起腰说，一共省了两块钱。

2012 年 11 月 19 日　追忆

糊涂

不是脑子发昏、思想上的混乱状态。

糊涂，是乡村玉米再生后的一种表现，是玉米另一种形式的延伸与再现。它的前身叫"糁"，属于玉米面的专用词。绕了语言上一大圈子，我们把玉米粥就叫糊涂。喝玉米粥，叫喝糊涂。

这是我们对乡村玉米粥所称呼的乳名。没有玉米的介入，世上其他粥只能统称粥，都不配叫糊涂。

糊涂并不是人人能叫的。郑板桥名言"难得糊涂"，我认为他就是北中原的糊涂代言人。他在豫北范县当过五年县令。我拜访过，迟到。

在乡村，我是从小"喝糊涂"长大的。每到异乡，我就会怀念故土那一碗浅浅的糊涂。乡愁虽浅，却难以横渡。

世上所谓"乡愁"，没有那么深奥，依我浅见，就是肚子想老家童年食物时的一种生理反应，是味蕾犯瘾。如母亲的烙饼、手工面条，如姥姥的一碗糊涂。

姥姥曾对我说过：人离不开土，一个人一年一共要吃够一块土坯。

还告诉我一个方子：当一个人外出远行，最好带一块土坯上路。在外地水土不服时，捏一点儿，放到粥里或水里。吃下去，立马就会好。

这些治疗乡愁的药方一定管用。

后来在写诗时，我找到一个文化领域上别人回答不了的答案：要是当初那么多浪迹海外的诗人，人人都带着一块土坯行走，不至于在以后的日子里无法归来，哭天喊地地赋诗写文，制造成吨的乡愁。还号称著作等腰。

原因？

怨他们都没有听过我姥姥的话，那是一种故土先知的善言,叫"糊涂箴言"。

2006 年 5 月 22 日

深度
壬辰年秋日记忆于郑州。冯杰。

槐花碎

薄暮宅门前,槐花深一寸。

——白居易

槐花食用方式主要是蒸吃,以未开半开的骨朵状为佳。

洗净后拌面,掺和均匀,方可上笼。蒸熟后需要在盆里摊开晾凉,之后再搅上蒜汁。上蒜汁太早,会使槐花有一种"死蒜气",像过夜的剩菜。

蒸槐花拌面最是关键,面粉多了,蒸出来会呈面疙瘩状;面粉少了,又体现不出"蒸"的口感。好的蒸槐花出笼后要松散,适中,筋道。这三项基本原则不是一天学来的,靠多年灶头手艺功夫的掌握。

我姥姥还有个习惯,槐花蒸好后,她总要给邻居送上一碗。后来我母亲也保持这一古风。

到我们这一代,面对利益,大家就开始"独吞"了。

槐树在村里有两种:

一种是黑槐。小时候我常听留香寨前街姓杨的人喊作笨槐,就是传统的中国槐。那种黄色槐花不能蒸吃,晒干叫槐米,是一味中药。另一种是洋槐,带刺,开白花。洋槐花不能入药,只能蒸吃。两者区别是:国槐叶子前端是尖的,洋槐是圆的。

我母亲去世那一年,我车上带着棺椁,我妈躺在里面,我在外面。我们要带我妈回老家冯潭村下葬。从长垣到滑县,春天来临,乡路两边的槐树疯狂地开着白花,开着白花,还是开着白花。

感觉白花漫无边际,像一地大雪。我满眼是白。

回来后整理旧物，在厨房里，我还翻到一个装满干菜的塑料袋子，里面是母亲晒干的槐花，她准备来年冬天包菜馍使用。

　　一年前，我在豫西山路上，看到路边几棵洋槐树，竟开满红花。我就特意下来端详了一眼，除了惊奇，还有一种惊心。

　　十年前，在延津黄河故道采风。我和老诗人王绥青先生漫步槐林。在槐林深处，他对我说："槐树应该叫母亲树，我还写过一首诗。"

2012 年 11 月 12 日　客郑

红薯的处理方法

红薯汤,红薯馍,离了红薯不能活。

——北中原村谣

我到中国许多地方旅游,发现红薯名字叫法都不一样:

山东叫地瓜,四川叫红苕,北京叫白薯,上海叫山芋,江西叫番薯,陕西叫红芋……就像一个写时事杂文的作家,明明就一个名字,偏要起许多笔名。云天雾地。还是我们北中原语言纯古,在我们村里,就叫红薯。它一直到死,一辈子都叫红薯。一生红。

每年秋后,我家院子会来马车,留下一小堆飘散热气的马粪和一大堆冰凉的红薯。

一家人是这样处理这一车红薯的:先藏在地窖里一部分,那是一年的口粮;再卖出一些或换成红薯粉条,可做菜来食用。

为了好储存,切片晒成红薯干,在囤里"垛起来"。一年光景里,可慢慢作主食,或放在稀饭中煮,白薯干这时会变成褐色。有时上学时还装在书包里几片,趁老师不注意,嘎嘣一声,赶紧咬一口。

碾红薯干为粉,作红薯面,母亲能做多种食品。其中有红薯面饼、黑白花卷。其他有煮红薯,烤红薯,炸红薯糕,蒸制红薯面窝窝。

最有特色的是红薯面饸饹。母亲先蒸熟一个个窝窝头,趁热时填入一架饸饹床里,我接着就在一边吃力压入。

饸饹可以加料炒吃,或浇卤凉调。盘在碗里,像一团黑线。

后来日子有了起色,红薯不再担当主粮。有人就作秀,

英雄三结义图
初冬的红薯一着凉就会感冒。
壬辰客郑记旧童话,冯杰。

开始称吃红薯长寿。说到红薯许多好处,还举出《本草纲目》为证,譬如:补虚乏,益气力,健脾胃,强肾阴,等等。

我父亲生前最不愿听谁说红薯的好。他吃了一辈子红薯,也没有长寿。他说,听到红薯俩字胃里就冒酸水。胃酸,条件反射,是那个年代一年四季吃不上白面吃红薯而落下的毛病。

他不是伤一颗红薯的心,更多是伤一个饥饿年代的心。

2011 年 3 月 15 日

红薯必须晒干

（此旧日薯干，非今日薯干）

红薯价值延长的方式之一是切片晒干。

村里每家都有一人多高的囤子，有的高达屋顶，里面垛满红薯干，垛得结结实实，要一直吃到发霉。

我姥姥说，你别小看这红薯囤，有时外村里来说媒相亲，就凭的是堂屋的囤高囤低。

白露前后，那些红薯坐马车从大堤外面来到我家。全家围着一大堆红薯，人人操刀，开始用菜刀来切。为了时间快一些，母亲让我去邻居家借几张"礤床"，放在洋瓷盆上擦红薯片。不小心，我还会被"礤床"擦破手指。

擦到兴致，看到有眉清目秀的红薯，我还会吃上一口。

最后，把切好的红薯干中间来一刀，一一挂在院子纵横的绳子上，有的挂在枣树刺上。院子空间不够，搬来梯子，撒在屋顶。

秋后北中原乡村，屋顶上除了细霜，远看，白花花的还像落一层斑驳的残雪，破烂的残雪。一个村子都弥漫着淀粉的味道。

晒红薯干最怕遇到连阴天。有时刚刚晾上，顶着细雨，又要爬上屋顶回收。

我姥爷在下面喊：站稳，小心踩碎瓦。

那些红薯带着短短藤蔓，断口之处，浆痕像泪痕，竟有点拖家带小的表象。

这是一种生红薯干，磨面或煮食，白色下锅，出锅面黑。还有一种煮熟后再晒干的红薯干，口感筋柔，像校园的钟声。我嚼一路还走不到学校。

红薯片切完，母亲让我把借来的"礤床"一一还给邻居。母亲说，有借有还，再借不难。她一直坚持这个邻里标准。这时的洋瓷盆子下会残留一层灰色淀粉。我姥姥说，这还可以打凉粉的。

多年里，我不知道那里还有什么能沉淀下来，由白到黑。

2012 年 11 月 28 日　客郑

狐狸头瓜的称呼

此名纯粹是望形生意。瓜的名字能叫"狐狸头"？是说瓜皮外表纹络斑斓。披一张狐狸皮的瓜成何体统。瓜精？

听起来有点吃大惊，吃到嘴里却是小甜。

村中著名的瓜把式吴老田种了三亩甜瓜，一律都叫狐狸头。后来经过无数张嘴的传达过滤、添油加醋，最后我们都说成了他"种了三亩狐狸"。直听得外乡人目瞪口呆。

我们在月夜偷过瓜。

第二天，他媳妇在街上夸张地拍胯叫骂："哪些小鳖孙偷了我家半亩狐狸头?!"路过的外地人听得莫名其妙，就急急离开，以为他媳妇是个不会说话的傻子。那时候，语言上夸张的傻子很多。到处都喊万岁。

乡村人还不知道写诗里有一种"通感"。

我原认为称呼"狐狸头"是村里瓜把式的一种狐假虎威，胡乱在叫。吴老田说，他爷那辈就是这样称呼的。我姥爷也首肯，说是。

我喜欢看玩物丧志的闲书，用来补志。这属于一种阅读的高度。后来无意看到《艺文类聚》里引《广志》："瓜之所出，以辽东、庐江、炖煌之种为美，有鱼瓜、狸头瓜、蜜筩瓜、女臂瓜。"是讲天下的著名甜瓜。大概和里面第二种瓜名接近，在我们北中原却叫狐狸头瓜。

看来先人们早吓唬过人了。我觉得"貍头瓜"没有我们村里称呼"狐狸头"精彩。

队长说过，滑县城里有的劳动模范种西瓜，会特殊技法，瓜皮上还能映现出来一个"忠"字。说是要到北京献给毛主席。

种瓜，不上化肥的瓜甜。瓜田里一律上人粪尿，当为追肥，村里叫"大粪"（可能也是一种尊称，譬如大人）。那年月，

瓜語

小面瓜說
鉛華洗盡
就是土得
掉渣

壬辰年立秋
聽荷草堂馮傑

瓜语

小面瓜说：铅华洗尽就是土得掉渣。

壬辰年立秋听荷草堂，冯杰。

狐狸头瓜不会注射现代科学家发明的植物激素,也没有现在因激素过多而爆裂的那些关于西瓜的新闻。

狐狸头瓜五月上市,以天旱时摘下的瓜最甜。等几场雨下来,糖分自然就淡了。

在北中原夏夜,当人们进入梦乡之时,大地不寂寞,肯定奔跑着无数只狐狸头瓜,在月光里涌动。要不是缠绵的藤蔓牵扯,它们四蹄生风,翼下生魂,那些瓜呼吸夜色、呼吸月光,那些瓜会一口气奔向无边无垠的夜空,化魂为星。

2011 年 8 月 9 日

喝讫

结完账叫"讫"。这词古老得如同一枚"开元通宝"上面长了一层薄薄绿苔或铜锈。

我父亲当过乡村营业所会计。我小时候，就经常见柜台上那些发黄的账单，盖有"收讫"字样的小木章。一方方，如行走在纸上的小小红舟。

我们村里的人却把酒喝光叫"喝讫"。由此可见，也绝对是上古雅语。在北中原，由于有所谓的"酒文化"垫底，我们乡下人在对待酒的问题上，一个个自我感觉良好，以至村里涌现出那么多位出类拔萃的酒鬼与酒仙。唯酒为大，成事或败事。

那时，即使生活再困难，村里人秋后收两袋粮，也会先扛上一袋到酒坊。换酒。大有贺知章金龟换酒的大家风度。

每家来客人时，好酒得先敬客人。等客人先"喝讫"后，自己再"喝讫"。

如今，外地的客人来北中原做生意，多被我们使用这一招数灌翻，热情过度，但留下不好的误解。有人便称中原人"欺客"，怎么多让别人喝而自己不喝？却不知，那是因为当时历史上的酒珍贵，而最珍贵的东西要先献给客人。我们一直保留着上古传下的这敬客礼仪遗风——先人后己。

我住的这个叫长垣的小城，还与"酒圣"杜康有直接联系。许慎在中国第一部字典《说文解字》里，解释造酒用具"帚"字时有"少康，杜康也，葬于长垣"句。

"酒圣"葬在这里，可见那些热烈灼人的酒魂，丝丝滋润进大地，厚达丈二，让我们这里后来的饮酒人也都沾其灵气，能喝善饮。

二十多年的乡村饮史里，我记录了如下的乡村特写：

不入流也
一流诗人有诗篇有诗句，
二流诗人有诗篇无诗句，
三流诗人有诗名无诗篇，
四流诗人无诗名无诗篇。
壬辰年客郑州，冯杰。

不入流也

一流诗人有诗篇有诗句

二流诗人有诗篇无诗句

三流诗人无诗篇有诗句

四流诗人无诗句无诗篇

壬辰年寄郑州 冯杰

一、芦岗乡一书记,醉后站着撒尿。完毕后,把腰带系到路边的小树上,一直拉扯到天亮。

二、人事局有一主任,醉后骑车,路遇一块大石,以为是酒坛,下车搬到后座带回家。再小心搬下,一边说"千万别摔碎了,当心洒酒"。

三、政府有一秘书,酒后回家,十字街头,拐弯时露算一圈,一直骑到天亮,向北,到达另外的滑县县城。

四、以舌头摸酒。

五、六、七……这都是我们北中原酒民醉后逸事。如果不论心境,行为状上几乎能入新版的《世说新语》。

更令人敬仰的,还是那种"为人民而讫"的人。

话说北中原有一村,上级干部来催收公款(那时有种种明目的收费),与村长在乡村宴席上比酒斗法。上级领导称:"你若能一气喝完两瓶白酒,其中某某几项收费就为全村豁免了。"其实,这纯粹是他妈的乡村官僚酒中的大话。像其他官员一样,说了不算。

"可当真?"村长眼睛红红,怀疑地问。

"骗你是龟孙,我以党性担保。"领导拍拍胸膛。有酒垫底,在乡村自己随时就可以是游动的人。

一场酒下来,村长碗碗必"讫"。最后,躺在桌下,再也起不来了。

七天之后,村头凸起一座新坟。村民们爱戴村长,白发立一石碑,正面是"永垂不朽",背面碑文里有以下文字:

诚信仗义

喝酒必讫

因公殉职

名垂青史

里面就有一个"讫"字。如一滴浓度为100%的酒精。一字千金。

这是我在乡村酒桌上听到的,是一个当了三十年乡村民办教师孙百文讲的。

他说,当时为想这一"讫"字,让他挺作难的。为此,我还多"讫"了一碗。为了表示"讫"得彻底,我还把脖子往后仰了仰,以示"喝讫"。

再问,他就老奸巨猾地对我笑笑。

説食畫

冯谋

天王

荆芥文稿
蕨的避让
韭花散瓣
焦叶不是蕉叶
金针可度
鸡脯食饼

荆芥文稿

一小袋荆芥籽是在北中原乡村集市上所买,刚打开小口,就透出一丝雨中的清气和日子的苦气。

母亲告诉我,荆芥有两套耕播方法:

一、在南窗下那片我自以为是的"广袤无垠的大地"(其实就巴掌大)上种植,以初春为适。

二、种在青瓷大花盆,置于向阳处,四季可撒籽。天一发凉,得移到屋里,免得荆芥感冒。

乡村还有个说法,撒荆芥籽时不易过高,以免将籽跌死。

长高时掐叶或剪叶,凉拌清炒均可,以生吃最鲜。还能拌上面油炸,之后再上锅清蒸,不亚于说的万恶旧社会的"小碗蒸肉"。我母亲现在还用此法来笼络人心,这使得家中一群小孩子吃得团团转,吃完了这顿还想下顿。

我走过许多地方,尝过无数小吃,发现吃荆芥以北中原乡下为最,别的地方不大吃,因为荆芥吃起来满口奇异的怪味,像张岱这类人的文章。

我还向遥远零下30摄氏度的白山黑水间,为一位老人寄过小小一袋子荆芥籽。能发芽吗?

忽然想到,像芫荽、荆芥、苏叶这些异类草木,气质异样,特立独行,谢绝世界,那么不合群,都可划入明末遗老范围里。

2003 年 2 月

凭君眼力知多少,看到红云尽处无。
诗无言外之意便味同嚼蜡,都是扯淡。壬辰秋,冯杰记。

憑君眼力知
多少看到
紅雲飛盡
處無

詩無言外之
意便味同嚼
蠟都是枇淡
壬辰秋 馮傑記

蕨的避让

　　蕨是形声字，从艹，从厥。厥意为"憋气发力"。如果这两者连在一起，就是表示"一种需要憋气鼓劲发力才能挖出根的植物草木"。

　　在太行山里，山民告诉我，这叫"拳头菜"。山民只知道出力气，不知道"蕨"。

　　1970年，蕨首次来到我北中原小村，是缩在玻璃罐头瓶里的模样，蜷手蜷足，小心翼翼，像蜷曲瞌睡的海马。家里来走亲戚的客人了，父亲会用刀背破开上面生锈的铁皮，凑够四个菜，上桌。

　　后来我每次上辉县南太行山，会捎下来几把，或从山民手中买回一些去春干蕨。回家，母亲用于"馇咸糊涂"当佐菜，她叫"丢锅"。

　　谁也不知道，这种菜有致癌成分在内。牛羊过食会死亡，人食后会致癌。

　　从外表上一点儿都看不出来。

　　它竟还诗意盎然。羊齿植物。洛夫有诗句写道"羊齿植物／沿着白色的石阶／一路嚼了下去"。以蕨来意象，通感那些钟声。

　　每想到蕨有这功能，出乎意料，我都会暗笑：

　　有点像我半辈子一直写这类无用文字，我的文字们不至于致癌，也不会广受欢迎。都是蕨气质的笔画。

　　描述一头牛食蕨后的准确症状是：毛粗乱无光，部分脱毛，精神沉郁，呆立凝视，行走缓慢，多卧少立，咀嚼无力。这种牛从此以后无思想，无判断能力。路线错了，是一头傻牛。

这段文字哪是指畜生？分明是说人的失恋状。

"商山四皓"吃蕨，伯夷也吃蕨。蕨就成隐逸菜的一种品牌。

令我好奇的是，牛马食后可中毒，猪食后却无妨。

有一次，滑县城的客人来得多，我慌张备菜。我二大爷嫌我上菜时笨，就对我说，你吃吧，你吃多了也无妨。那时我傻，我不知道还借喻有一头猪这层玄机。

2012 年 9 月 13 日　客郑

月光的避让。壬辰年中秋客于郑，冯杰。

韭花散瓣

一

初春吃韭叶,晚秋食韭花。

这样的植物顺序,在我家菜案上才合乎情理。

韭菜最是好成活的一种菜蔬,撒籽或移根都可。我多是从老家菜圃铲来韭根,栽到院子的地上、花盆里。韭菜不能一棵一棵地栽,必须一撮一撮来栽。这么多年,我看到过的报纸上,经常形容"一小撮反革命分子",用的量词就是"撮"。作者的思路肯定也来源于栽韭。

韭菜必须时常来割剪才旺。如果任其生长,那双方就显得没意思了。

什么叫"与时俱进"? 吃时令菜才是与时俱进。就是顺应造化。

二

腌韭花,是我家冬天必备之菜。一个冬天,有一罐子咸韭花垫底,吃饭时就不会慌。韭花是用于充实严冬贫朴日子里的丰富。

打一瓣腌韭花,喝一口"红薯糊涂"。窗外的雪有三尺。

三

腌韭花必须多盐,盐少会发白醭。

盐量就得大胆,像"打死卖盐的"。

盐是这世界上贫朴人家过日子的力量。

那些年，这项手工艺由父亲来腌制。韭花以未绽放为佳。母亲把新鲜韭花掐头，洗净，晾干，开始用筷子往一方小罐子里夹韭花。

　　父亲铺上一层韭花，母亲接着就撒一把细盐。罐子四壁充实。一双筷子也必须干净，不能见水。韭花对日子的要求在这一时显得很挑剔。

　　小罐子静静无语，它谦卑地立在墙角，一脸素色。七天之后可食。这时，咣当一声，小罐子才开始发言。

2012 年 11 月 11 日　客郑

焦叶不是蕉叶

写"蕉叶"的诗倒是很多。"曲水浪低蕉叶稳。"我单单记得苏东坡的这一片。其他还有,蕉影交叠,意象纵生,等等。我记不清了。

但世上却没有一句诗来写"焦叶"。

我姥姥炸焦叶顺序如下:

掐半瓢白面,倒在一方瓷盆里。最好磕破一个鸡蛋,用鸡蛋清来和面。擀成片后,若有芝麻最好撒上一点儿。切成片状后,中间再划两刀,便于过油。油炸后捞上来,淜干油之后,它就叫焦叶。

盛一方大白瓷盆里,端出来猛一看,竟是高高一大摞,其实结构空荡荡。焦叶也是虚张声势。像报纸一般的"面老虎"。

我姥爷常常是一边吃,一边说,费油。

掉下一小块焦叶,他会捡起来吹吹土,再吃。

还有一种小的焦叶,炸出来黄扣子般大小。炸好的小焦叶鼓起肚来,漫不经心地撒在热汤里。

焦叶是琐碎的一种小食物。

我知道,这种小焦叶你在天安门城楼上吃不到,你只有在长垣县老城里喝一种"荤豆腐脑"时候,它才会出现。这时,碗里鸡汤上面才浮上来一层,密密麻麻,大有"门泊东吴万里船"之势。

2008 年 8 月 5 日

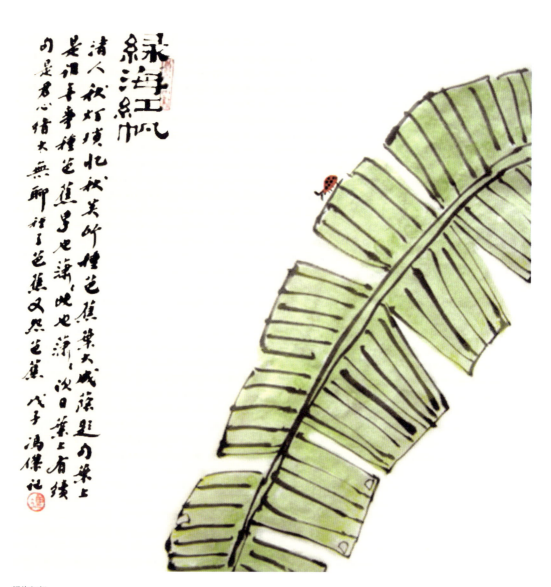

绿海红帆

绿海红帆

清人《秋灯琐忆》：秋芙所种芭蕉，叶大
成荫，题句叶上，是谓"无事种芭蕉，早
也潇潇，晚也潇潇"。次日，叶上有续
句"是君心绪太无聊，种了芭蕉又怨芭
蕉"。

戊子　冯杰记

金针可度

一种草本植物，偏偏要去镀上金属的亮色。

黄花菜在村里叫"金针"，焯水后，调蒜、入姜，它最适合凉拌。有时母亲也配上其他青菜来炒，但都不如凉拌金针爽口。还有一种吃法，用于冬天做菜馅，包菜包子。"发过"后的黄花菜晒干，被母亲储存起来，装在一个塑料袋里，封好口子，吊在墙上。

少年时从《芥子园画谱》上知道，黄花菜和萱草是一种菜，我们这里称作"金针"。在世界上康乃馨出现以前，它一直都是中国传统的"母亲花"。我姥爷说，古书上凡是说到"萱堂"字眼，都是指母亲大人。

在中国，"母亲诗"写得最好的是诗人孟郊，那是一个句子和人一样都"寒冷"的诗人："萱草生堂阶，游子行天涯。慈母倚堂门，不见萱草花。"是伤感的记忆。他的名句"谁言寸草心，报得三春晖"，应该写的还是一朵金针花。

我家院子里过去一直栽种萱草，做菜食用。村外田野里的萱草有两种：红，黄。我种的是那种黄色，小黄铜喇叭形状，从黄河大堤草坡移栽来，根须带着茎块。母亲生前给我说过，她小时候，村外长满金针。开花季节，每天都要跟我姥爷摘金针花。村外满树林里都长满金针花啊，那些金针花摘时要趁早晨有露水尚早时，是骨朵尚未绽开时辰。

一旦花朵开放，时间就老了，时间就死了。

萱草尽管叫忘忧草，对我来说，却是世上的最忧愁之草。一生愁已靠岸，把愁都搬上码头，再也渡不去愁了。母亲去世后，我得过一段时间的抑郁症。

北中原有一位叫石语的篆刻家，二十年前给我治一印章，内文四字：金针可度。这么多年，我还在使用。只是这一枚"金针"早不是母亲那一朵金针。

那些与萱草花有关的亲人，如今都不在人间。只有一枚与金针无关的印章，在案头，在纸上，孤寂地在开着一种红颜色的花，也叫金针。都探入旧日往事的月色里，那里应该储有乡村的时间，到早晨，还会有一段未开花的布满露水的时光。

2011 年 3 月 16 日

后补：

2012 年冬天来临，本该落雪，那天却下雨，在郑州开作家彭学明的《娘》研讨会。我说，你书封面用的花是康乃馨，那是外国的母亲花。你再版时要用萱草花，这才是中国的母亲花。

我一向收拾这种滞后缓慢的文字。

2012 年 11 月 26 日　在郑又补

鸡脯食饼

把鸡胃叫作鸡脯食。胃里面有一层薄皮，叫鸡内金。那一种鸡内金太薄太小，不值得另立名目，也就随着都叫成"鸡脯食"。

在村里，杀鸡水平最高的是烧鸡铺的李老大。李老大专业杀鸡，几乎接近炉火纯青，庖丁解牛，老李解鸡。割鸡头就像割一把韭菜，鸡除了感觉有一丝凉风掠过耳畔，鸡一点儿也不受苦。

我杀鸡技术不在行。有一次，被我杀掉的那一只鸡竟然站立起来，摇晃，立定，要奔跑，逃逸。我只有又挥棍来第二次"围剿"。虽告捷但失面子。

综合统计，我更多时候是杀鸡成功。

把一只鸡杀掉，内脏只有鸡胃、鸡肝留下可食，鸡肠显得啰唆，便只有喂狗。

最后用小刀子剖开一个紫红色的鸡胃，鸡胃像军衣上面的大紫扣子（那时流行一种绿色军大衣）。会看到鸡内金里面除了鸡屎，其他是沙子、小石子、煤屑，还有叫不出名堂的闪亮小颗粒（可以肯定，绝对不是钻石）。最后把上面一层有纹络的皮状物揭出，摆在窗台上晾晒。这就是鸡内金。

晒干后，村里人家窗台上的鸡内金攒得多了，就送给村医胡半仙，或卖给滑县城里的中药店。晒干的鸡内金会哗哗作响。像小小的青铜片子。

有一天，姥姥用白麻秆架火，在灶台烙好面饼。

一共烙三张，一人一张。姥姥烙到最后一张饼时，别出心裁，就把窗台上晒干的鸡内金用擀杖碾碎，掺在那一张饼里。

一张烙饼，在厨房里左右翻腾，隐隐弥漫一丝未名的气息。后来姥姥让我把这一张鸡脯食饼吃下，说，这样"能杀

小鸡肠肚图

鸡说：海纳百川有容乃大，壁立千仞无欲则刚，这话听起来肚量如海，那不过只是挂幅中堂展示一下而已，更多人却让我看到了小相，故说而已。

岁次丁亥年客郑也　冯杰

小鸡肠肚图

鸡说

海纳百川
有容乃大壁
立手仰无欲则
刚这话听起
来肚量如海
那不过只是挂
幅中堂展示一
下而已更多人
却壤家养我
了小相 故说说而已
感次丁亥年
半郭也 冯杰

石"。

那一段日子,我面色发黄,姥姥要杀我肚里的"石"。

在乡村,孩子厌食或不长个子,都属于"有石"之列。我姥姥不知村子外的国情。

我二十岁以前一直不知道身子里的那个"石"是啥东西。它结实,它顽固,它狐疑,它肯定天天也在肚子里,一如屏风之外,窥视着我。

2011年3月31日

說食畫

天王

苦瓜和尚和苦瓜的脸庞
磕子迷路
款待你以月光

苦瓜和尚和苦瓜的脸庞

苦瓜开小黄花，黄扣子大小，花期不长，丈量完二十四小时后就悄然退场。散发一种独到幽香，哪怕只有一朵，风来，一个院子里都会填满这种叫幽香的单词。

大画家石涛的号是"苦瓜和尚"。

他编过一本《苦瓜和尚画语录》。我一边看书，一边吃苦瓜。感觉石涛风格并不"苦"，而是"涨"。抒情成分更多。张大千是造假石涛的高手，现在许多石涛画都出大风堂之手。张大千的行为让我明白，世上最妙的造仿不是苦苦摹画，不是如何似，而是意创。替石涛创作。石涛一直死而复生。这例子是画坛三十六计之一，叫"借尸还魂"。

苦瓜的苦风格，其他蔬菜无法模仿。

一个在四川泸州工作一辈子的表舅，两袖清风，晚年返回中原，定居郑州。他告诉我："少不入川，老不进关。"他年轻时进川，是个美丽错误。但能做一手好苦瓜菜。我在他家第一次吃过炒苦瓜，上了瘾，回来就在院子里自己开始播种。以至晒衣服的栏杆上都爬满苦瓜须。

说苦瓜脸是形容一种愁相。

苦瓜像我们这类小人物浓缩的生活，苦，是从上到下、从内到外、从皮到瓤的苦。静下心来想想，苦中恍然还能有一种回味。这才是支撑时间的骨头。像大家平时过的日子，尽管苦，若等下一盘苦瓜端上来，照样还要吃。

2008 年 7 月

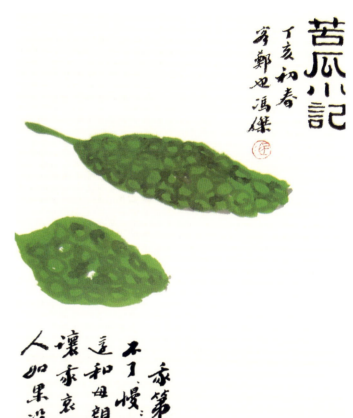

苦瓜小记。

丁亥初春客郑也。冯杰。

我第一次吃苦瓜,那味道让人受不了,慢慢适应了,以后每年初春,我还和母亲种苦瓜。如今母亲不在了,让我哀伤怀念。

在内心深处,一个人如果没苦难,能感受到幸福吗?

磕子迷路

磕子,是一种面模、果模,在村里又叫月饼模。

磕子有木质、陶质、石质,里面印有花纹,有的还刻有字,譬如"花好月圆"之类。那字拙拙的,像一个语文成绩不好的孩子吃力写上。磕子上的字都是反的,印出来,才是正的。

我姥姥说,月饼模上的字都是正字反刻。

长长的一条胡同里却只有一副月饼模子,是我三姥娘家里的,黑陶质,由一条胡同里共用。那月饼模经历丰富了,被许多双手摸得明晃晃的。每到八月十五前蒸月饼,姥姥和姐姐盘面、烧火,忙得顾不上来,就让我到三姥娘家借月饼模子。

记忆里,小胡同里传来门轴的声响。有时,泥泞还粘掉我的鞋子。

先在磕子里面撒一点面醭,是为了不粘面坯。再把面坯装在模子里,端整齐,倒扣,磕到案板上,就是一方月饼。有时,姥姥还会在月饼肚子里装几颗红枣。

乡村的磕子也就繁忙这两天,其他日子闲置不用时,肯定要打瞌睡。有一天,我就把三姥娘家那一副月饼模子偷出来,正要往里面装胶泥,玩尿泥,被三姥娘发现,小脚急急撵出来。说,下次谁都可借,就不借我家。

第二年中秋前,姥姥在盘面,我姐烧火,又让我去借月饼模。我心虚,忐忑不安。硬着头皮叩门环。

哪知,三姥娘让我家先用,她家后用。我还没有忘掉,她早把这事忘掉了。

三十多年后的一天,我在郑州古玩市场想买一块和田玉石,要给一位大官人行贿送礼。和田玉三十万元一斤。在下一惊,就看上一边摊位上两个旧磕子。枣木质的旧磕

瓦上流云

对于坚守的瓦而言,世界上所有的飞鸟都是浪子,有的万里归乡,有的却永远行在旅程。庚寅年听荷草堂主客郑如鸟。冯杰。

子,面庞模糊,那木把早已磨得光润,一个是鱼形,一个是梅花形。不知来源于偌大中国的哪个小村子。

一只模子来到城市,一定要走很多乡路。现在无家可归。

我一一收下。

闭眼。用鼻子闻闻,里面还残留有旧日面香。断定那是时光走路的味道。

2011 年 3 月 25 日

款待你以月光

晚风里的一朵小花。
辛卯春天见并记也。冯杰。

上·酒俗

在北中原，我们村里喝酒，开始时，需要上四个菜，方可动筷。

一个菜不行，那是临刑的；三个菜是款待吹鼓手；五个菜，骂人是老鳖。习惯是上双不上单。

酒盅是那种牛眼小瓷盅，道口镇瓷器店买来的，瞪着眼，小如军大衣上的扣子。

盅子小，往往会使客人麻痹大意，一盅一盅复一盅，直到最后喝高。村里待客的标准是让客人"竖着来，横着走"。这样才算诚心，喝好了，有面子。

我二大爷家来客人就喜欢村里诸名士来陪客。陪客者也会不空手来，腋下夹一瓶酒，先坐下来，把酒瓶放在桌子腿边，才开始喷空，划拳，对喝。

有时会因为一杯酒的喝法不一致而掀翻桌子，马踏飞燕，甚至上升到路线斗争。

中·夜饮

最轻松是在月下饮。可号称节省灯光。桌子上这时就不讲究盘子数量，是煮熟的毛豆、玉米和新出的花生，带着一丝清气。我姥爷一边讲狐狸喝酒，一边说，箸！

狐狸也要行令的，要对对子，要犯错误。月光须合乎平仄。

我还和父亲月下喝，佐以去年的旧韭花，都是父亲腌制的。太咸，就用筷子头小心来蘸。唯恐父亲提到学习成绩。

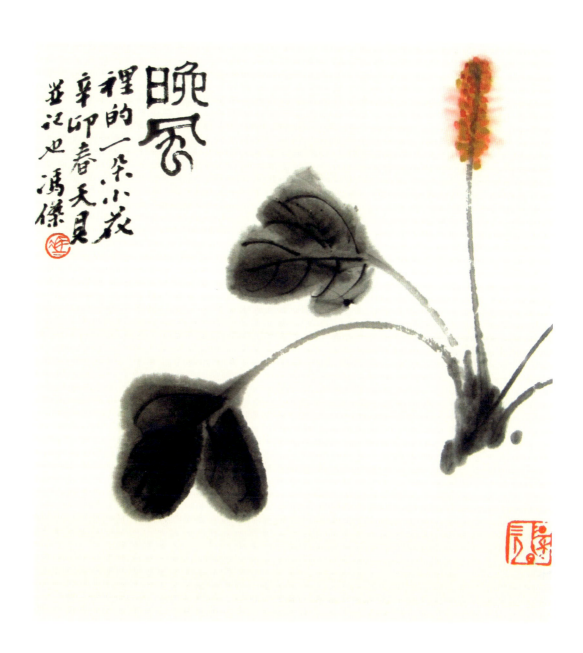

晚风

裡的一朵小花
辛卯春天貝
坐記也 冯傑

还好,露水上来了,就把桌子缓缓抬回屋里。

掌灯。继续喝。

下·补遗

我姥爷月光里讲的那个酒令游戏,多年后知道是蒲松龄房子上的一个片段。

在《聊斋》的一泊月光里。

席中一人先行令:"田字不透风,十字在当中;十字推上去,古字赢一盅。"一人接:"回字不透风,口字在当中;口字推上去,吕字赢一盅。"一人接:"囹字不透风,令字在当中;令字推上去,含字赢一盅。"一人接:"困字不透风,木字在当中;木字推上去,杏字赢一盅。"轮到展先生,他出令:"日字不透风,一字在当中。"众人知其无法成字,紧问:"推上作何解?"他无奈说:"一字推上去,一口一大盅。"

这些都是文狐狸们的游戏。

它们也款待以月光。

2012年11月29日　追忆

說食畫
凭借

天干

老鳖靠河沿
烙饼裹大葱
烙饼志
凉拌柳絮
鲤吃一尺
辣椒是穷人的馋
辣椒面糊
辣之三·度日秘笈

倒满一大锅水,在乡村地锅(就是铁锅)沿贴一圈玉米饼子。水烧干时,饼子也正好熟了。没有细香,姥姥是使用白麻秆计算时间的。用铲子出饼,一个个焦黄芳香。吃时最好蘸辣椒酱。

其实就是乡下的"贴饼子"。因为小饼子一个个缩在水边,状如老鳖,姥姥就叫这个形象的名字。有一年,我和友人东北旅游,又见到大饼子,毫无风度地蹲着,大吃一个。

拍拍手,我说,我们把大饼子叫"老鳖靠河沿"。

现实中的老鳖也多喜欢靠河沿,晒鳖盖子,听风观月,或谈情说爱。小时候在河沿捉鳖,看到冒水泡的地方,伸手下去,必有一鳖。我们都嫌其貌丑,不吃,不像现在,大家上百元一斤地去壮阳。据说,如今赛场上的田径冠军都是喝鳖汤才喝出来的。

后来上游建了几座乡村造纸厂,污水汹涌地排到河里。月光下,河面上流动着白花花的泡沫,我们得闭着气,才能穿过河流。鳖自然也逃走。

再也不见成群结队的鱼虾老鳖。村里人说,现在做饭都是火碱味道。这几年,村里得莫名其妙病的人忽然多了起来。找不到原因,便只好多了一座庙。

在如今乡下,经济和环保是对立的。环保冲击当地政府官员的利益。瞒天过海,欺世盗名。随着时间流逝,付出的代价将会比收获要多。杀一只鳖只是一瞬,长一只鳖则是十年。村里骂人,是:千年王八万年鳖。

老鳖开始在河边退缩。经济取胜,老鳖失败。铁锅边也待不住。

有一年,在郑州的一家大饭店宴客,上来这一道类似的面食，我惊叫："老鳖靠河沿。"

那一时，满座打手机的人皆惊。这小子真大胆！以为我是骂门口的"大檐帽"。

2006 年 5 月 26 日

饮酒石余，着韦衣，入山泽，为渔猎事。
法伊秉绶魏舒传之字以饰此鱼之空白也。
为戊子年之初于郑州谋食时度日之作矣。己丑又记。

己丑四月雨日于听荷草堂试笔，题两年前旧作也。冯杰。

烙饼裹大葱

——『纸上谈饼』之三

排食物座次,乡下人认为最好的食物就是烙饼裹大葱。它耐嚼,厚实,踏实,靠得住。姥姥说,烙饼是为了改善伙食。平时不烙,更不能常烙。烙饼必须有烙饼的理由。如国庆节放焰火。

在北中原乡村,一户人家如果想奢侈浪费,那就只管整天埋头烙大饼。费油,费面,费汗。费日子。烙饼是过日子里最费资源的一种。乡村豫剧里,包公的理想也就是上朝下朝时都要烙饼裹葱。相当于共产主义里的一种幸福。

每年入冬,草台班子在我们村里唱戏,多是《铡美案》。教育人的主题思想是"古典的包二奶也是要开铡的"。

有一出戏里面一段乡村版唱词,村里我一个堂兄唱过。在月光里,在摇晃的戏灯里,戏文婉转如下:

> 听说老包要出宫,
> 忙坏娘娘东西宫。
> 东宫娘娘烙大饼,
> 西宫娘娘剥大葱。

宫廷的慌乱,烙饼的柔韧,大葱的清脆,月光的惊讶,对比感的强烈,加上梆子声声,二胡、弦子也来风雨交加地搅和,宋朝的一张烙饼里除了盐味、花椒味,就又多了一层人间滋味。

乡村人最高想象仅限于这种浑圆的饼,像一片薄薄苍天,笼罩着饥饿的肚子。我故乡人在逃荒前,赶考前,送亲人远行前,一般都要带烙饼。有饼伴行,一路壮胆。像揣了"投名状"。

烙饼需要一种乡村技巧,这是单讲火的技巧。我姥姥

一时蔬乎
柴米油盐酱醋茶,葱姜蒜椒韭菜花;人生得意须尽欢,吃罢大葱吃黄瓜。辛卯初听荷草堂主人客郑,方知现代速生黄瓜比童年故乡黄瓜要大也。

一時蔬乎

柴米油鹽醬醋茶

蔥姜蒜椒韭菜花
人生得
意須盡歡吃羅
大蔥契黃瓜
聽荷草堂主人
寄鄭方知現代連生黃瓜比童年故鄉黃瓜要大也
辛卯初

就说，烙饼烧白麻秆最好，不急不躁，火势平稳（真是有点相当于烧孟浩然、王维的诗句）。其次是烧麦秸，也是四平八稳。李白、杜甫、高适这些人的诗句都不宜烙饼。他们句子激动，急躁，易上火，往往会烤焦。

现实证明：大火、烈火对于烙饼都不适不利，不是外部烙焦，就是内部夹生。一张大饼从来就不喜欢壮怀激烈的人生，不喜欢怒发冲冠。它需要中庸之道，慢慢腾腾。只是你造饼时不要想这些哲理。易煳。

在我的北中原故乡，吃饼才是乡下的头等大事，是理想里的中午和黄昏。它比历史改朝换代重要，比政党重要。一张低处的饼比高处一面飘扬的旗帜实际。

只是面对一张大饼，我姥姥不像我，她从来没有或者不屑上升到这些无用的理论。如果我姥姥尚在，如果由我姥姥来口述，再如果时光倒流，我肯定能写一部比饼厚的《烙饼志》。属于力作。

2010 年 4 月 27 日

烙饼志

圆如望月大如铜钲,薄如剡溪之纸,色似黄鹤之翎。

——引自蒲松龄《煎饼赋》

起首

好,下面我就开始撰写记忆里的《烙饼志》。

即使写村里"小饼志",也必须有司马迁写"大史记"的端庄精神。

一饼　葱花鸡蛋油饼

正统的烙饼应该是指这一种——葱花鸡蛋油饼。天下通用。

我们村的烙油饼过程如下:

用两瓢白面,慢慢洒水,和均匀后,用一条面杖擀,撒上葱花,再擀。要有层次。擀饼需要手上功夫稳定,薄厚均匀,如宫廷诗人一辈子写四平八稳的馆阁体。面的好坏只是基础,一张有脸面的成功的油饼,主要取决于放油的多少。我姥姥说过,那大意是:只要舍得放油,傻子也能烙成天下最优秀的油饼。

在村里,油饼可不敢常烙,需要谨慎。一天三顿烙饼,那还了得?最后准能把家业烙穷。费面费油。我们村形容某某人家富有,说,他家里的马都喂油饼。

我姥姥每次烙饼,一般以每人一张为准。有时饼大,合两人一张,一分为二。我记得家族饼史上有过最辉煌的一次,有年麦后,在黄昏的草灯光里,那放到盘子里的金黄烙饼竟有半尺高。我说的这可是立方。

烙饼全部完毕,一般要盖上锅盖,把最后那一张油饼焖到锅里,叫"炕焦"。这一张油饼质地最好,相当于书里的精装版。其实姥姥是为了不浪费锅底那些残火余温。

在乡村饼史里,葱花鸡蛋油饼是最好的经典烙饼。那年头,我们全村饿死十多口人。大家都认为:毛主席他老人家一定在天安门城楼上天天吃葱花鸡蛋油饼。

我二大爷见过世面,暗笑这些乌合之众,纠正道:不会。

他说油饼配大葱最好。

二饼　南瓜丝饼

剩饭、剩面条,姥姥从来舍不得扔,最后就加入南瓜丝,煎成南瓜丝饼。

开始用一种叫"礤"的小铁器,把南瓜擦成细丝,二指长短,搦去水分,然后拌面,撒盐,加入那些剩饭,在盆中搅成糊状。

煎时用一把炝锅铲子摊平,形状梨叶般大小。刷油,此饼以两面焦黄为准。

南瓜丝饼近于补救,优点是变废为宝,近似古人改诗里的"点石成金"。特点是入口松软,缺点是散状,不够团结,统一性不强。从美学角度而言,南瓜丝饼有点儿不好看。家里来尊贵的客人一般不烙。但是,它很划算,你自己吃最实在。就像过稳实的日子。

有聪

吾将上下而求索。屈子语。

辛卯初客郑记故土蔬志也。冯杰。

三饼　绿豆面炊饼

村里绿豆产量低,多是在田埂上播种,属于小农作物。绿豆面就稀少,一般多做稀汤绿豆面条。蒸馍时略掺,舍不得大用。母亲说,主要吃个绿豆面味。

母亲常说,吃药时还不能食绿豆面,否则药就无效了。绿豆化药。

在各种面里,绿豆面最好是煎炊饼。绿豆面、白面各半,里面再掺入剁碎的韭菜,有时拌入鸡蛋。我姥姥煎的炊饼薄而透明,像那些上好的宣纸。最后盛在青花盘里,蘸蒜汁。吆喝再来,没有了。姥姥连自己的也没吃。

"炊"字是个有声音的字,会响。文字一时激动,全是那些陌生的面糊骤然入锅的缘故。

四饼　面饦

严格一些,此条目应划到油条系列,列入烙饼里有影响本志之权威性。所以举一反三说,现在的多种正史都不可靠。要吃烙饼,但不要看烙饼史。

它只有在我们北中原才叫面饦,用酵母,加碱面,使用发面。炸面饦关键是发面,发不好会变化成死面,炸出来不暄。死面的面庞发黑,像心事重重。

面饦形状圆形,一团团如坐在油锅里看热闹的柿子。面饦除了食用,节日里还上供祭祖用。每个碗里放面饦四五个不等,上面摆上几棵油绿的菠菜。

当年我姥姥祭奠先人,用面饦;我姥姥去世后,母亲祭奠姥姥,用面饦;母亲去世了,我姐、妹,又用面饦祭奠。清明节,在墨绿麦田,那时燃起的烧纸像灰蝶断翅,漫天飞舞。我跪下。焚香。叩首。往事远去。我妻子把两个面饦撕开,放在坟前面,说,吃吧。

五饼　老鳖拽(补遗)

平时,我姥姥每次炸的面饦都是如此均匀,整齐。

有一天,我正用白麻秆烧锅,姥姥在炸面饦,开玩笑说,村里有的人家炸面饦不讲究,最后炸得乱七八糟,像是补丁,那种面饦又叫老鳖拽。老鳖拽?我一笑,白火苗龇牙就蹿出灶口。烟了。

除了精致的内容,我姥姥、母亲讲究,一向都是乡村美食形式主义者。

六　饼的存目

对门我三姥娘家的门环就像两个烧饼,在两扇椿木门上挂着。

声音挂在门上。

她家还会做发面饼、烫面饼、死面饼、单饼、馅饼、千层饼、硬饼、小锅饼、谷翻、壮饼、锅盔、武大郎饼。这些存目另考。

2011年3月8日　客郑

凉拌柳絮

柳树最是世上的一种"惊心"之树。

北中原的时间都是通过柳枝流过来的。时间在上面悄然传递,似乎不经意之中,忽然就会看到时间发芽,春天这么快就到来了?

一个老油条旅行家告诉我,到一个地方能否坚持"三小",是衡量一位优秀旅行家的严格标准。

我急忙问,哪"三小"?

回答是"尝当地的小吃儿,听当地的小曲儿,看当地的小妮儿"。好在我保持有"第一小"。我吃过许多地方小吃儿。关于吃柳絮,却似乎只有我们中原乡村有这一习惯。

初春,在柳絮还未开花时把它采摘下来,这个专业名词叫"捋"。再择去里面的干叶、干枝,把柳絮在开水里稍微煮,母亲叫"炸柳絮",就是焯。捞出来在凉水里浸泡一夜。去苦。第二天就可食用。柳絮以凉调凉拌最好,吃时必须加蒜泥、醋、香油、芥末汁。

柳絮味道能否地道,关键在于掌握好浸泡时间。泡得轻味苦,泡过了则失去柳絮独到的味道。

每到初春来临,我母亲就会带着一群小孩子,挎着篮子,扛着竹竿,上面绑着一个小铁钩子,到野外河边捋柳絮。傍晚回来,一个个都是一手的柳绿颜色。

柳絮一时吃不完,母亲会把那些多余的晒干,预备冬天包菜馍。有一年春节时,突然端出一盘,竟是一道好凉菜。

采摘柳絮也需要一点乡土知识。母亲说过:只有棉柳絮能吃,那种花柳絮就不能吃,吃了会得一种大脖子病。

有一年,炸了一大盆柳絮,一时吃不完。母亲想想,就找出十来个空罐头瓶子,装满柳絮,在锅里排满开始蒸,蒸掉瓶子里面的水分,就成了自家私造的柳絮罐头。断断续续吃了一个冬天。

宋人有一句词"落絮无声春堕泪",是注释柳絮和眼泪的通感。

母亲不在后,家里就再无人有闲心去把柳絮整理得井井有条。我客居异乡,在林立的钢铁楼丛,每次看到春天的柳树,它在骤然吐绿,我就会骤然惊心。

2011 年 3 月 27 日

有风也。

壬辰年中秋,听荷草堂。冯杰。

鲤吃一尺

堂屋的土坯墙上,贴一张《连年有余》的滑县木版年画,是我姥爷在高平集上买的。那个"连"用莲花替代,"余"用鲤鱼替代。明白之后,我就开始知道,艺术除了雅致,还要会"投机取巧"。

有一天说到鲤鱼,我姥爷就说:世界上的鲤鱼生在唐朝最享福,因为和皇帝同姓,朝廷不让捕。要是有人敢偷网鲤鱼吃,屁股上就会挨六十大板。

六十大板?那不把人打死?我是先吃一惊。

村里,一位乡村学者告诉我:天下黄河鲤鱼,以我们北中原这一段出产的最好。这不是吹,它自有好的道理。

黄河素有"铜头,铁尾,豆腐腰"之称,到中原中下游这一段,正好是"豆腐腰",河床平坦,河面宽阔,水草丰沛肥美,恰是养鱼的好地段。每年七八月份黄河发大水时,我能捉到许多尾肥美的黄河鲤鱼。

鲤鱼产卵,我们专门称为甩(读shài)籽。

正宗的黄河鲤鱼是金色,红尾,四个鱼须。我们根据形状,把鲤鱼称作"刮头篦""鲤鱼猴""鲤鱼管儿"。逃学有百分之八十的诱惑是为了捉鱼。

我画《鲤鱼图》时,别出心裁,将一尾鲤鱼裹在宣纸上,涂墨作拓,均匀后再揭下,最后补充修饰。鱼鳞清晰可见。没有画家这样。艺术还应该是一种"雅致的偷懒"。

挂出来,许多人一脸疑惑惊讶。

"这小子画得太像啦!"

我们村里说鱼好吃的标准,有一条,叫"鲤吃一尺,鲫吃八寸"。这范围内的鱼最是恰到好处。

我母亲晚年得肝炎。最后那几年,我内心一片慌张。

干鱼图
鱼儿离不开水,诗却不能有水。
好的诗句可以拧出来月光,却不可拧出来水。
壬辰年观鱼。冯杰。

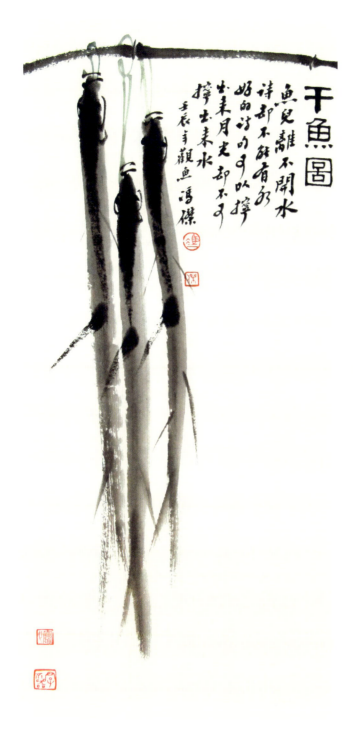

干鱼图

鱼儿离不开水
诗却不能有水
好的诗句可以撑
出来月光却不可
撑出来水
壬辰年观鱼 冯杰

茵陈,丹参,肝必复,还有从阿尔山带来的黑蚂蚁、红蚂蚁。看到一个偏方,鲤鱼炖红小豆,治肝硬化。什么土方子都用啊,那些吉祥的鲤鱼也没有挽留住我母亲。

对我来说,黄河鲤鱼在我们北中原这一段黄河里生活,不是永远的,它游动着,游动在天空,在地上,还有人间。

如今现代化汹涌来临,股票上升,黄河鲤鱼下沉,几乎都要消失。那些红尾,那些鱼须,那些鳞片,更多要在乡村的墙上可以清晰地看到。

2011年6月4日　长垣

辣椒是穷人的馋

传统画家在画《清白图》时，画完白菜，余兴未尽，就在一边添上几个辣椒。若几尾红鱼。般配。画辣椒也是为壮胆。

辣椒属平民日子里的道具。

那时我们家贫朴，辣椒的辣就像生活中的味精，是点睛之笔，让人们忘掉日子里的苦与艰难。走在乡村，冬天屋檐垂落的一串红椒分明能让人鼓起向上的勇气。

从形状上看，柿子椒算是素椒，"狗尿椒"是最辣的。"朝天轴"是辣中的极品，一般用于观赏，极少有人敢吃。用途多作为乡下人打赌的道具。

辣椒下来的时节，姥爷用盐水泡满满一缸青椒。吃饭时，就随手捞出几个，算是最好的菜。看到姥爷这种吃法，心生羡慕，我就也捞一只青椒效仿，却不得不叫喊苦辣。那种辣，绕梁三日。

有时没有青椒，姥爷会将干椒在掌中搓碎，放进碗里。显得更暴烈。

乡下的日子就是这样过去的。简单，厚重。

我问过姥姥，我姥爷为啥那么喜欢吃辣椒？

我姥姥说过一句哲学家永远说不出来的乡下话："辣椒是穷人的馋。"

在没有大鱼大肉的时代，我们乡下人，就是靠这种方法解馋的。简单，有效。它是穷人的权利，独立，自给，且不用去央求他人。

真不知道，没有辣椒的日子该怎么过。

2008 年 8 月 1 日

大师做的清炒虎皮椒一般是没有虎皮的，就像你吃完东坡肉之后，根本见不到东坡。

壬辰年初。冯杰。

大师做的
清炒虎皮
椒一般是
没有虎皮的
就像你吃完
东坡肉之后
根本见不到东坡

壬辰年初 福傑

辣椒面糊

（一种素酱的做法）

油炸辣椒酱，全村家家似乎都会做，只管大火、大油地上，只管大张旗鼓地来。做这一道面糊辣椒酱就要功夫，看似容易，实是一种"素手辣做"的方法。

如是我见：全村数我姥姥做得最好。

每次选择两三个干辣椒，连籽带皮剁碎，再佐以新鲜葱花，掺入好面糊，加入一方瓷碗里搅均匀。蒸馍前，把瓷碗放入馍锅的空隙间。

在我家四季的食事里，制作这道菜多是和蒸馍一块来进行，不会单独来蒸，有点捎带的成分，以蒸馍为主，蒸酱为辅。君臣形式十分明显。等到一锅馍蒸熟了，辣椒面酱也正好熟透，凝固那里，一碗辣，颜色看着显得是好，青红相间。

这种辣椒酱要配上热馍同吃，尤其要配豆面窝头，面酱直接灌注窝头里面，可称珠联璧合。吃到兴致高时，简直就可以站起来直接喝辣椒面酱了。中国人民从此站起来啦！

我姥姥对我说，吃这种辣椒酱安心，吃三天也不会上火。

我姥爷却对这一种辣法一向不屑，以为吃法不够辣，大人不宜。这种辣椒面酱是只有我等小孩子才配吃。

虽说是辣系统，终究属于"素吃"一种。

2012 年 11 月 13 日　客郑

十二金钗。丙戌。冯杰。
川女所好也，若可餐之秀色。
孙荪又题，丙戌仲夏。

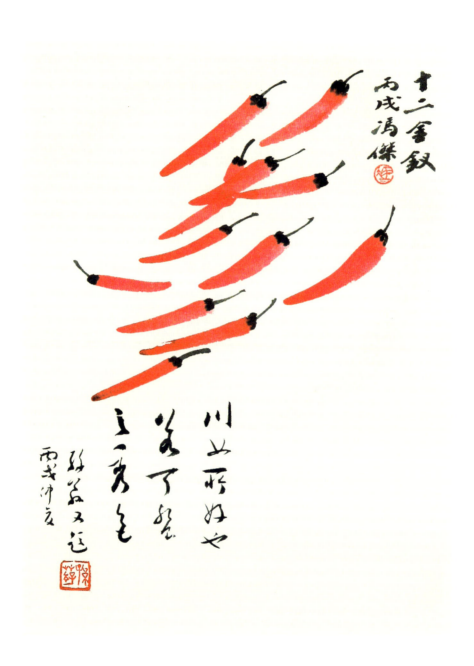

十二金釵
丙戌冯杰

川山形妙也
笑了終
主一秀毛
绿茹又起
丙戌仲夏

辣之三·度日秘笈

吃辣椒完全可以上升到一种有胆量的行为,还可以作某一种象征。书里都把一个伟大的湖南人吃辣椒上升到革命意义。"吃不得辣椒的人,做不成革命者!"毛说。

这只能证明文学家的骨软,就去说历史上的皇帝吃啥都有象征意义。

我也吃辣椒,属于叶公好龙。

小时候吃辣椒,怕辣。我面前必须放一碗凉水。关键之时忍受不了就含而化之,它极为有效。近似一种绥靖之策。这秘诀,我一般人不说。

外祖父一生嗜辣,吃辣椒在全村排行榜上数第一。更多道理是因为贫穷单调而又想使日子有滋味,苦中生辣。他吃辣椒从不油炸,那样费油。一日三餐,吃那种清盐水泡青椒。别说吃,我看着那行为就吃惊,像是在碗里吱吱冒辣气。

一个人的一生,就在那种苦椒清水里度过了。

天下穷人肯定都是这样。

从辣到辣的长度,中间装有多少苦涩?这些小小的辣椒自己肯定不会道破,我乡下的姥爷也不会说。

想起那些在老屋青砖墙上摇晃的辣椒,我会无端落泪。前面放一碗凉水也不管用。凉,有时也制止不住辣。

2004 年 1 月

十二金钗。
其中一个厉害,以一当十也。
辛卯年客郑,冯杰又记。

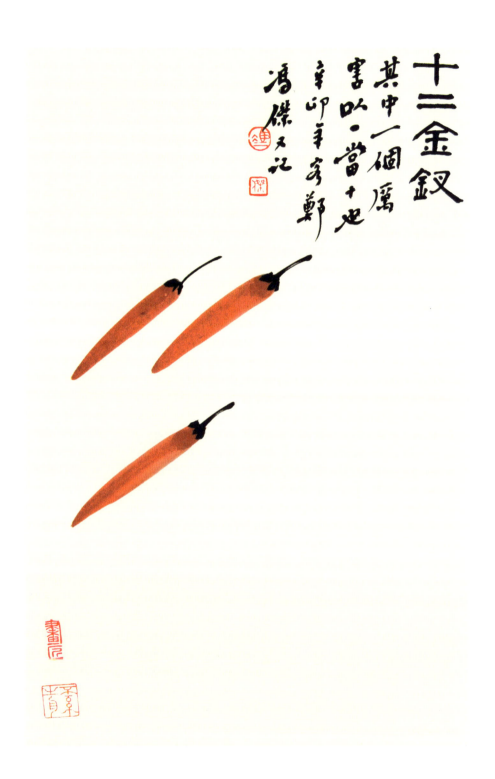

十二金釵
其中一個屬
害以一當十也
辛卯年夏鄭
鴻傑又記

说食画_ **135**

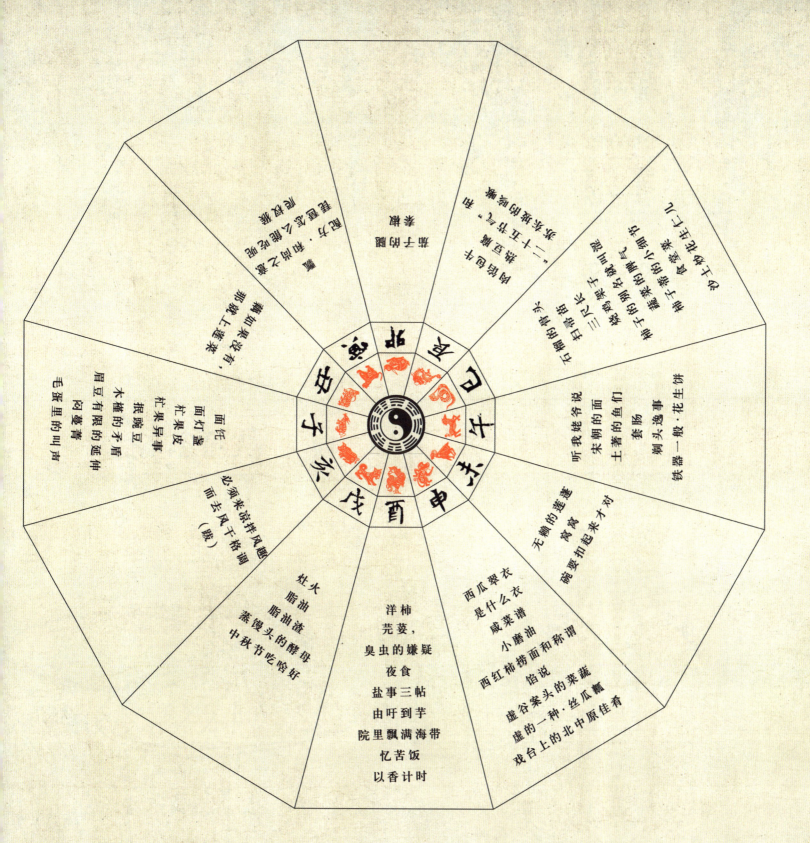

洋柿
芫荽，
臭虫的嫌疑
夜食
盐事三帖
由吁到芋
院里飘满海带
忆苦饭
以香计时

西瓜翠衣
是什么衣
咸菜谱
小磨油
西红柿捞面和称谓
馅说
虚谷菜头的菜蔬
虚的一种·丝瓜瓤
戏台上的北中原佳看

无赖的逢逢
窝窝
碗要扣起来才对

听我姥爷说
宋朝的面
土著的鱼们
荟肠
梳头一般·花生饼
铁器一般·花生饼

石榴的幽默
白菜长头
三鸡采子鹅叫混
络络的别名·腌气
柚子蒂的膊小细节
柚子蒂零花仁儿
沙土炒花花仁儿

灶火
脂油
脂油渣
蒸馒头的酵母
中秋节吃哈好

毛蚤里加的草
沟蚕蕈
眉豆有限的延伸
抿瓣豆
木槿的牙牙事
杠果果皮
面灯盏
面饦

此河米浴拌风趣
而去风干格调
（腹）

子 丑 寅 卯 辰 巳 午 未 申 酉 戌 亥

説食畫

地支

面饦
面灯盏
杜果皮
杜果异事
抿豌豆
木槿的矛盾
眉豆有限的延伸
闷蔓菁
毛蛋里的叫声

面
饦

照我的饮食标准而定,最好吃的油炸品该是外祖母炸的"面饦"。

在北中原,油炸物划分得细致而分明:长形的叫"油条";片形的叫"油饼";不规则的叫"油馍";还有一种圆如柿饼的,叫"面饦"。我姥姥还开玩笑说,谁谁家当家的懒,乱炸的该叫"老鳖拽"了。果然有那种食物。

可见,我们北中原乡下人,即使贫穷时,骨子里也不失一丝精致。是对日子的一种向往。

我长大后到城里,还知道城里人有"早餐工程"一说。他们将长短不齐的油炸物统统称作"油条"。这样,使称呼一下子就长短都统一起来了,可谓快刀斩乱麻。有点一如当年秦始皇的"车同轨,字同文"的改革。

我想面饦应该叫"面坨"才对,更符合原意。但我还把它称"面饦"吧。沉淀到童年骨子里的记忆,谁能改掉?

用面饦能托起什么? 圆若月晕,是小如手掌,还是软如草地的一片小小平台? 在三十多年前,它如初萌圆荷,托起我的童年乡村之心,托起一种对"好"的憧憬。

面饦是这样炸的:

灶底多用秫秸、豆秸点燃。我姥姥说过,燃那些白麻秆最好,火稳,均匀,不易炸焦。用两根筷子"茑"(niǎo,这是另外一个乡土词,如藤蔓缠绕之状)面,然后下锅,便听油锅里"刺"的一声喊叫,热油会礼貌地闪身让道,那团面便在锅底逐渐膨胀。最后黄里透红。然后捞在一把"笊篱"(一种乡村柳条编的生活用具)里晾着,慢慢滤油。

那时我知道,更多家的乡村孩子还吃不上这种佳肴呢! 姥姥的这种面饦能吃上一个,对我们一家而言,是人间的福

原知樱桃一树红,不知全是伤心泪。
家里有一株樱桃,长在母亲住的窗外,春天,一树白花,母亲在窗里都可看到外面花开,风一吹,有的花瓣吹落屋里。孩子今年摘了一盘子樱桃,母亲却不在了。
二零零六丙戌年追忆于听荷草堂。冯杰。

分。我三十年的时光里，不知不觉，一直享受着这种福祉。如今已无此福。

我宿命地认为，世上所有的幸福只是一截草绳，每一条都有自己的长度，论尺，论寸，论指，伸到一定长度时，要戛然而止。像炸面饦时"刺啦"的一声油喊叫。

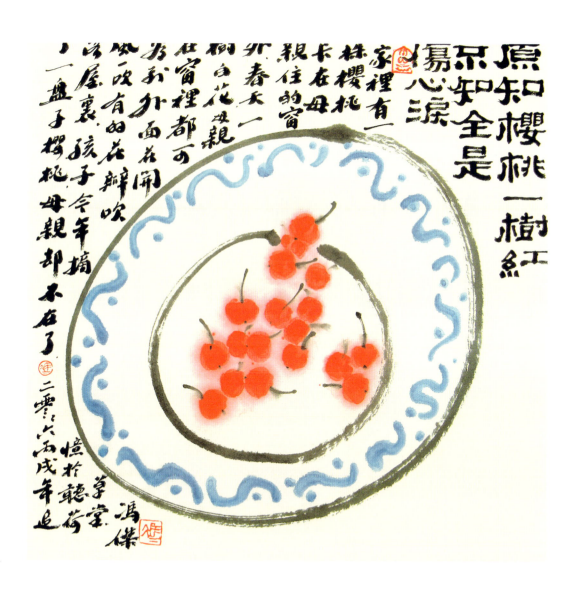

面灯盏

（元宵节的一个小器物）

留香寨村里约定俗成，正月十五家家要摆面灯盏。

原料是使用一半玉米面、一半粟子磨的黏面。掺和均匀后，先捏制，再上笼蒸半熟。取出晾半干，开始置上用绵纸裹成的灯捻，注入豆油或花生油。一台灯盏算是完成。

灯盏先在自家院子里摆满，神龛前，牌位前，水缸里，粮囤里，井沿边，石磙上，马厩。院子里那一棵枣树杈上也可以放。甚至还有茅房。

我二大爷说过：茅房还有茅房神呢。凡神都不可小觑。

光亮首先是自家造出来的，一小团通明，要留与别人欣赏，让别人说是好光，这才达到一方灯盏来到世上的目的。

大门口两边石磙上更是不可少放。

从类别上分，面灯盏属于乡村手工小食品。有的人家偷懒，图省事，干脆用几块白菜根，将刀一削，将就成一个"灯盏"。大家会评论说："这一家人肯定懒，黄叶疙瘩做灯盏。"

门口点燃的灯盏必须看守，主要是等油浅时好注油。这种守护角色多有小孩子来完成。

1968 年的元宵节，亮堂。

我在留香寨村子的小巷里穿梭。星星不睡。星空上悬挂了满满一天的灯盏，像熟透的白桃子。有的最后变成露珠，有的还固执地燃着，悬挂在三十年之后我的一幅绘画里。我竟然看到有的人家放心，门口没有守灯盏的小孩子，我端起一盏就跑。

一个守灯的孩子不睡。

两个守灯的孩子不睡。

三个守灯的孩子不睡。

去年元夜时，花市灯如昼。
月上柳梢头，人约黄昏后。
今年元夜时，月与灯依旧。
不见去年人，泪湿春衫袖。
甲午补灯笼也。冯杰。

天下守灯的孩子都不睡。

我一边跑，一边把那一方小小面灯盏吃掉。实在有点烫嘴。

2011 年 11 月 16 日　客郑

杧果皮

北中原不产杧果。

它只有在温暖的热带才表情自然,气温 10 摄氏度以下就停止生长。杧果固执地拒绝北方,这注定与中原土地无缘。作为一个北方乡下人,小时候知道只有伟大领袖才有资格吃杧果。

我肯定无资格。我到 31 岁才初见杧果。像见到夏天第一个有情人。诱人,香郁,好奇。问价,却吓了一跳。

这一年在一座中原城市,挑选好看的,买了几个杧果,去医院看望一位一生命运坎坷的著名乡土诗人。少年时代,我读过他的《鹁鸪鸟》。

老人平易,就邀我一同分食杧果。杧果之香弥漫一室。气息往往会是一个人记忆里的一部分。两年之后,诗人去世。我专门自乡下搭长途车来省城,参加他的追悼会。我还在诗人故居的一卷册页写上"乡土的绝唱"几字。想起那几只金黄的杧果。它们像大地之乳。像诗。

金黄,橘红。有点近似我北中原杏的颜色。北中原的杏,一辈子肯定也没见过南方之南的杧果。杏树像我一样,在一个地方一待就是一辈子。

史料上杧果"花多实少",说南方又称"蜜望子",蜜蜂望之而喜,故名。这有一点儿像儿童文学。

后来为了让外祖父母尝鲜,我在郑州买过杧果,搭车携带回家,每一颗杧果都带着手温。在瓦屋里,看着姥姥、姥爷吃,我心甜。

那些年,杧果还没有来到我处的北中原小城,价高不好卖。杧果,对于一个乡村银行小职员而言,算是极贵的水果。

后来再看到杧果,就会想起许多旧事。它会飘来一种伤感气息。就尽量躲避着它。

十年后，再买几个，放在一个城市逼仄的画室内，不吃，我单闻那种气味。杧果气息穿越时空。气味识途。也像一匹黄色的老马。杧果是一种怀旧的水果。它穿透了上好的纸张。

杧果皮，别人肯定弃之不要，我则是直接用于画画。在宣纸上来回擦，最后渗透，把颜色种上宣纸。那种色彩颜料肯定伪装不来。它迷蒙，清晰，单纯。

后来"师古斋"的一位装裱大师失手，疑惑，无奈地问我：你是用一种什么黄？

记忆黄。

2010 年 4 月 27 日

杧果异事

（试仿一种文章开头的写法）

四十年前一个阳光明媚的上午，父亲领着我到孟岗人民公社去看毛主席他老人家赠送给河南人民的那一颗金杧果。

人民公社院子里人头攒动，密密麻麻，像一大群未出门或者回巢的老鸹。

会议桌子上，垫着一块绿毯，果然上面有一颗金杧果，摆在一个玻璃罩里面。有民兵持枪守着。

众老鸹在喧嚣。

李书记拿着一柄铁皮喇叭，高声说：不要挤，不要急，按顺序。那是亚非拉人民送给毛主席的金杧果，毛主席舍不得吃，送给河南人民。

这是一颗游动巡回的杧果。

回来路上，大家一路都议论杧果。有人说怎么闻不到果香气？有玻璃罩罩着，你肯定闻不到，你是狗鼻子吗？

这时，一阵风来。风定后，有一个长着一脸络腮胡子，像鞋刷子，头发像一丛风中荒草的人路过，附在耳上，悄悄告诉我父亲，说那颗杧果是黄蜡做的。

惊得父亲站在那里，好大一会儿。

也就是说，我从小就没有见过世界上的真杧果。

不去为无聊之事，何以遣有涯人生？鸟语乎？丁亥年，冯杰。

2012 年 11 月 11 日　客郑

不才為無聊之事
何以遣有涯人生
鳥語乎
丁亥年
馮傑

抿豌豆

做这道面食时，我姥姥不说"蒸豌豆糕"，只说"抿"。一个乡村动词。她把一块豌豆糕当作一件乡村器皿来做。透出来动作，细心，耐心，手工，外加技巧。

豌豆粒圆如珠，温润均匀，有点儿像斑鸠眼、鹁鸽眼之类（千万不能比喻雄鹰眼）。看到《辽史》上又叫"回回豆"，一颗小豆与强大的回鹘民族有关，也是波斯古道而来？另外又叫麦豆、雪豆。还有个夸大的名字，竟敢叫国豆。且不脸红，只是发青。

豌豆这一称呼在乡村豆类里，名字最平常好听，像喊邻家姑娘的小名。豌豆煮熟吃最好，面。能温暖脾胃，一如口服"舒肝暖胃丸"和读杜甫关于春天的局部诗句。豌豆面涂在脸上能去掉脸上的黑色。可以想得到，有聪颖乡村少女为了面白，一个劲地往脸上搽豌豆粉。天然，纯净，无污染，低碳，最后一个个成豌豆公主模样。能走进童话。不是不笑，一笑就掉粉。

2009 年最后的冬天，我在郑州东里路一家医药书店弯了一个小时的腰，终于找到吴其濬的《植物名实图考》。厚厚一册，硬壳封面，重达三斤，挥起能砸昏一匹老狗。如今好的书怎么都做成这样？披盔戴甲。拐弯，忽然看到一个穆斯林戴一顶洁净的小白帽，推一辆旧自行车，立在风中叫喊卖豌豆糕。那一刻，我想起"回回豆"一词。般配。遥远得像一条河。豌豆糕四元一斤。要一块钱无法上秤，我称了半斤。

我好奇地问："你家种的豌豆？"

穆斯林说："如今谁还种豌豆？这是加拿大进口来的。"

一时迟疑。我以为豌豆只生长在我们老家北地埂上，怎么也想不到会与加拿大有关。这穆斯林把一颗豌豆在地

玉容誰能顧 傾城在一揮
借晋人陸機句以補空也 丁亥 馮傑

球仪上绕了几个弯儿。

想起小时候关于斑鸠屙豌豆的一首民谣。除了营生，莫非这个卖豌豆的也在做一笔怀旧的小本生意？

那天风渐大，加拿大的半斤豌豆让一个中国人用两手捧着，行走。散发的独特豆气让我毫无陌生感，恍然如梦。红灯停绿灯行。在城市一条马路上边走边吃，穿堂风越过耳边。想到多少年前，我姥姥蒸豌豆糕，在一柱昏黄的草灯下，把熬成的豌豆糕扣在平整案板上。撒糖，均匀，她耐心地用一把小刀"抿"着一块块豌豆糕。乡下时光在豌豆里悄悄流逝。

我在一边站着，用手指安慰着嘴巴。上个学期的历史书上恰好也有井田制一说，说的也是一块块形状。

一方一方豌豆糕，整整齐齐，宁静縠纹平，在灯下一一是瞌睡的模样。草灯啊如此亮堂，笼罩着它们。真主说。

2010 年 3 月 9 日

木槿的矛盾

木槿花有玫瑰红、粉红、蓝、白多种颜色。我家的一棵为粉红。是有一年我从北中原乡下移来的,那时刚有筷子粗。

木槿绚烂,可惜朝开暮落。古书上说"仅荣一瞬",这才叫"舜"。《诗经》里"颜如舜华,颜如舜英"说的是女人容颜之美,青春易逝,犹如木槿。却让我延伸到世间所有的美好,一时都如木槿。我觉得这花应是开在魏晋六朝的"年代花"。那时的古人早已把道理说完讲透了,面对一张白纸,我自然出不了新意。

木槿个体寿命短,整体花期甚长,从夏初开到秋末。到盛夏,开始在我的院子里大放。《礼记》上说"仲夏木槿荣",它当了二十四节气里一个节气的坐标。我读过泰戈尔的名句"生如夏花之绚烂,死如秋叶之静美"。他说的这种大境,达到的人不会多,但花却达到了。尽管他没有仔细交代,我总是认为"泰老"标榜的这一种"夏花"就应该是中国的木槿,我院子里栽的木槿——高丽人的国花。

木槿从农历五月,开始以小时为单位,来计算自己生命的长度。花瓣像时光在一寸寸地开始收敛。我家吃早饭的时候,一方青石圆桌旁,木槿花就在头顶上开放。到吃晚饭时,就看不到原来那朵。每天六七十朵花我都熟悉。王维说"山中习静观朝槿",他说的比我想的准确。我吃早饭时看到的只是王维的片段。只是后四字。

母亲晚年时说过,木槿花还能炒吃呢。这也没有出乎我的想象。在有母亲的日子里,再平常的家常菜蔬,母亲都能做出花样。乡土出身的母亲小时候吃过我姥姥做的木槿花,我却没有吃过母亲做的木槿花,母亲就不在了,果然是瞬间一般。这花也叫"舜"啊!

相随母亲四十年的时光那么短暂,就像一朵木槿花,说落就落下来,速度比滴泪还快。

有一个中医方子还告诉我,木槿叶泡水可催眠,疗效显著。母亲去世后,我得了一种抑郁症,夜不能眠。槿叶催眠,但自家的木槿叶却也不能治好自家主人的病。

木槿花凋落,又要安妥。忧郁,又要催眠;瞬开,又要永远;消失,又要纪念。都让它融于一体了。这真是一种矛盾的植物。

2006 年 9 月 11 日

大家之作,其言情也必沁人心脾,其写景也必豁人耳目。其辞脱口而出,无矫揉妆束之态。以其所见者真、所知其深也。录王国维《人间词话》句也。后句其字应为者字也。丁亥年 冯杰。

大家之作其言
情也必沁人心脾
其写景也必豁
人耳目其辞
脱口而出無矯
揉妝束之態以
其所見者真
其所知其深也
竹知其深也
録王國維人間詞
話句也語句其字
應有者字也
丁亥年 馮傑

眉豆有限的延伸

我家几乎每年都种一些平常菜，种得最多的一种就是眉豆。

小时候我就想，可能眉豆的形状像人的眉毛，就干脆叫了眉豆。多亏它不像鼻子，不像耳朵，不像脚丫子，要不麻烦就大了。

我母亲把种眉豆叫"点眉豆"。初春，随便在墙根点上几个干籽，不几天就会发芽。再随便插上个树枝，眉豆蔓就随着往天上爬。它不挑剔环境。

夏天，有小桃红包指甲的时候，我姥姥会掐来眉豆叶子，用于给我姐、我妹裹手指甲、脚指甲。让我知道，这是乡村眉豆的美学观点之一。

眉豆开白花、紫花两种。它是一个劲地开，秋风起了，它在开；秋霜下来，它还在坚持着开，像和冬天暗暗较劲。郑板桥有一副对联，"一庭春雨瓢儿菜，满架秋风扁豆花"，下联说的就是眉豆的坚持。

最后有一两个眉豆遗忘在枝蔓上，这是坚持到最后的眉豆。拔秧的时候，摘下可以当来年种子，或者煮籽吃，有一种很面的口感。

我母亲说过，眉豆是一种"出菜"的菜。所谓"出菜"，就是不缩水。炒时入锅是一斤，出锅时就不会是八两。从这种态度上可以看到眉豆诚实。

有时眉豆长多了吃不完，母亲就摘一筐，把眉豆从中间揭开，一一摊在簸箕里晒干，用于冬天"馇咸糊涂"时作配料的干菜。

眉豆不入城市大饭店，那些追求大成功大格局的老板不屑，还主要是加不上离谱的价格。

我母亲另有一种做法，把干眉豆丝泡开，再拌面，炸成小素丸子，六成熟，不要炸透，再入碗摆上葱丝上锅来蒸。

　　端到饭桌上一比，就像传奇了，连那些传统"硬菜"，譬如小酥肉、大酥肉们以及四喜丸子们一时黯然失色。

2012年11月13日　客郑时追忆

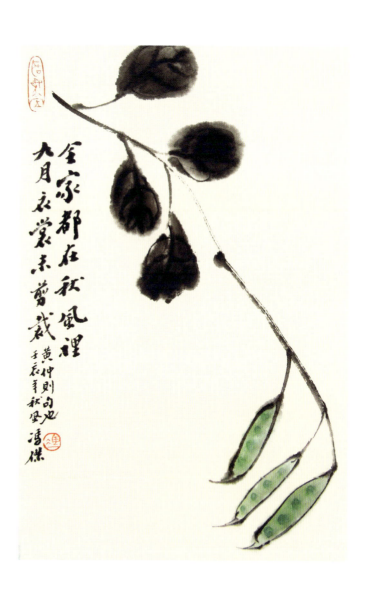

全家都在秋风里，九月衣裳未剪裁。
黄仲则句也。
壬辰年秋风。冯杰。

闷蔓菁

蔓菁必须"闷"才有味道。就像乡村的野孩子必须上学调教,"塔利班"必须真主洗礼。

闷菜是一道手工食艺。放在器皿里,不让它透气。这道手艺每年都由我姥姥亲自来做。因为别人闷得不辣,不出味。

把蔓菁切成细丝,把白萝卜切片,热水焯后,在瓷盆子里拌均匀,开始捂闷。闷出来的蔓菁必须辛辣。失败的闷蔓菁不辣,一团和气。闷蔓菁吃第一口时,要不由打一个喷嚏。像是喝彩,这就是好的标准。

闷蔓菁好吃,姥姥每次却不让多吃,说吃多容易上火,嘴角起泡。

我姥爷说,蔓菁在古书里叫葑,就是俗称的大头菜。可它在我们村里一直叫"蔓菁",出场就显得一派古雅。像个乡间读书人。《诗经》"邶风篇"里有"采葑采菲"一句,这一颗露头的蔓菁就长在我们北中原大地。

蔓菁长相粗糙,像张飞、李逵之流们的面庞,总不如小白萝卜们水灵,眉清目秀。

有一年看张岱《夜航船》,里面记载竟然将蔓菁誉为"五美菜",道是:"可以生食,一美。可以菹酸菜,二美。根可以充饥,三美。生食消痰止咳,四美。煮食可补人,五美。"

那些年,正在全国青少年中开展"五讲四美三热爱"活动。尚多一美。心里一惊:又是要号召吃蔓菁?

闷蔓菁辛辣味浓,是秋后我家食谱里最独到的一个菜。

我姥姥不在后,由我母亲照祖传方法闷蔓菁。我母亲不在了,姐姐、妻子都不会这一道手艺,打住了,我家的闷蔓菁从此失传。我再也吃不上那种闷蔓菁。

它冲鼻子,是明快的一种辛辣。周作人的文章是学白菜的,鲁迅的杂文就是学蔓菁。翻书那一刻,我知道,必须提前打一个干脆的喷嚏。

2011 年 4 月 12 日

"纯粹而不杂,静一而不变,淡然无为,
动而以天真,谓之养神也。"
壬辰年秋听荷草堂主人冯杰。

毛蛋里的叫声

暖房里没有变出鸡崽的鸡蛋叫毛蛋。在村里,对毛蛋的处理一般是水煮、油炸。我父亲说,毛蛋可是高营养,看着不好看,吃起来香。

小镇上一位大爷,是这样吃毛蛋的:提着一只含血丝的毛蛋,带毛,仰脖就下嘴。连着吃十个,大爷才抹嘴。

邻村的亲戚开一座暖房,隔三岔五会给我家送毛蛋。一天黄昏,厨屋里一口大铁锅倒满凉水,又倒入四五十个毛蛋,这次要清水煮毛蛋。

我姥姥拉风箱。呼嗒呼嗒的声音在黄昏响起。像谁对暗夜说话。

正拉着风箱,我姥姥说:咋听着锅里像有小鸡叫？我细听,果然,热锅里煮着断断续续的鸡鸣,像是毛蛋里的细声。

姥姥忙把风箱歇住,停止烧锅,把锅里毛蛋一个一个捞出来听,一共听到两个毛蛋有声音。

我说:干脆就吃了吧。我姥姥说:可是俩性命。

耐心把毛蛋剥开,里面蠕动着湿漉漉的小鸡,开始伸腿,睁眼。

放在灶头,两只小鸡的腿都残了,站不住。我姥姥说,"看来俩腿都残坏了"。找到一个纸盒子,铺上旧棉,把两只残坏的小鸡放到里面。

这一种鸡,我们称为"蜷枉鸡",残疾,不大容易成活。

第二天,姥姥用两个小细棍捆在鸡腿上,叫"标住",这有点接近西头村胡半仙的外科手术。几天后,竟把鸡腿治好了。

我姥姥纺花的时候,它们一一卧在我姥姥腿上。

过了端午,家里炸油馍要上供。我看着院子里跑着那

温暖
童年时记得我外祖母纺花,那些小鸡一一卧在腿上。
壬辰年初秋于听荷草堂,冯杰。

两只毛蛋里出来的小鸡,一只是芦花鸡,一只是蜡黄鸡,都是母鸡。

　　这是很险的一件事,要是我姥姥晚一步从热锅里捞出来,那两只鸡早就下我肚了。

2012 年 11 月 28 日　客郑

说食画

馮傑

藕如果没有那就上莲菜

藕如果没有,那就上莲菜

藕和莲并列,我们村里称莲藕都是一样。但我姥爷分得详细,他说根叫藕,果实叫莲,不可混淆。我画画,知道那种外部的藕色和切开的白色不好调制出来。我姥爷说这专门叫藕灰,就是藕色。

在我们村里,收获藕叫"踩藕"。我踩过。

冬天赤脚下到泥塘里,踩藕要巧劲:不可踩重,踩重藕会断;不可踩轻,踩轻会遗漏。一脚一脚前挪。找到合适藕节,从根上踩断,再用脚挑出水面。抓把泥涂在断口处,以免灌进水。藕内有空气,能浮上水面。一旦沉入水中灌进了泥,新藕会贯穿一股股青泥味。

踩藕的人出来时也一身藕灰色,冻得浑身打哆嗦。多亏了藕没有鳞片。冷是白色的。

在我家,藕是一种备用的快速菜,多是来客人了,急急凉拌入盘,风格是脆的。用我姥姥自己淋的高粱清醋不会发黑,最般配。

有一年,我还吃过一次红藕,竟是面的,少见多怪。饭店小二平静地说,是鄂藕。

我画得最多的题材就是荷花。手下开过不止一亩。

竖的荷梗须横着来画,且要一气呵成。

我家院子里并没有种植莲花,书房偏偏却叫了"听荷草堂"。也许正是缺少,才想以心理补充。这是我等酸腐文人的一种通病,这是对莲花立场的一种表达。它属于我的一题荷花方程式。

后来,我还请一位篆刻家给刻一章:纸上种荷。这意端的是好。不尽兴,又刻一章:写尽荷花亦让人。对待艺术和

莲者怜也
独有清心分品格,不随俗眼看炎凉。
壬辰年秋客郑纸上种莲也。冯杰。

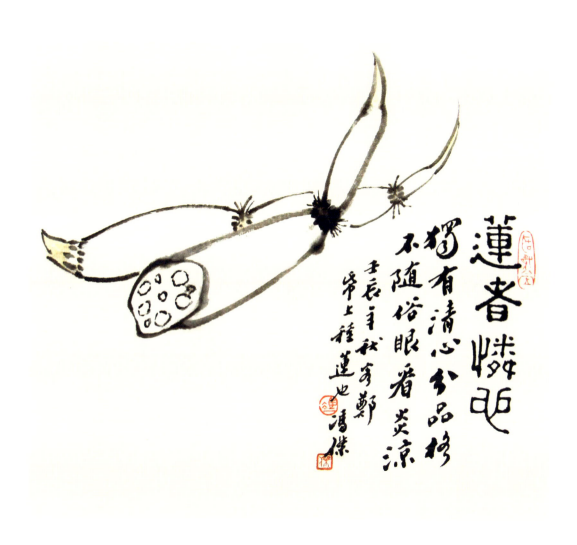

蓮耦憐

獨有清心女品格

不随俗眼看炎涼

壬辰年秋寫鄭

常上種蓮也 清傑

人生,我知道都不应该霸道。

　　每次出入饭店,我最是喜欢那种简单明了的菜。这也是一种食物立场。

　　有一次要上菜,我对一直推荐鲍鱼、三文鱼、中华鲟、果子狸、鱼翅、娃娃鱼的服务生说,平时我只吃两种菜。哪两种? 我说,没有藕,可以上份莲菜。

2012 年 11 月 26 日　客郑

説食畫
馮傑

地支

瓢
配方・和尚之意
琵琶怎么能吃呢
爬杈猴

瓢
——乡村炊具之一

瓢，早在《诗经》里就露出来半个脸。《诗经》里面写到一只葫芦、两只葫芦、三只葫芦。"匏""瓠""壶"，都是葫芦。

《水浒》里面，晁盖、吴用这一伙好汉开始闹革命，要智取生辰纲，引子就是用一把青瓢。在宋朝稀疏的古皮松影里，阳光热闹，热得口中淡出鸟，晃荡着一把清凉的瓢。那瓢里盛着溶化的蒙汗药、情节、倒影、欲望，还有几声飘忽而过的松林呼哨。

瓢是今世，前身是葫芦，就是说，瓢年轻的时候可以吃，切片炒吃，剁碎作馅。等年纪一大，老了，就只有做瓢，被使用，追忆似水年华。

留香寨村里名医胡半仙家有一匾，丹书"悬壶济世"。我问过：悬的啥壶？为啥悬壶不悬桶不悬碗？

他说，"壶"其实就是药葫芦。

我家院子里每年都种葫芦。过去是吃菜，或做瓢。现在我是往葫芦壁上写字、画画。雅称"胡玩"或"把葫"。

瓢是把一个成熟的菜葫芦对割后制成，平均锯开。葫芦的二分之一叫瓢。但那些亚腰葫芦、油葫芦、狗蛋葫芦、日本葫芦只能把玩，不能做瓢。只有菜葫芦可以成器。

瓢是乡村炊具里不可缺少的器物，每家必备。在我家里，还有水瓢、面瓢之分。

平时和面蒸馍，往缸里取面时用面瓢，母亲叫作"搲面"，一个乡村古语；做饭舀水时用水瓢取水叫"搲水"。后来铁、铝、塑料制品的炊具在乡村大量出现，它们个个面目发亮，葫芦瓢才开始退出我家一方灶台，最后无奈消失。

当年村里制瓢，家家有个约定成俗的规矩：一家人不能使用同一个葫芦解开的瓢，否则以后会出秃子。我姥姥就是这么做的。

2011 年 3 月 17 日

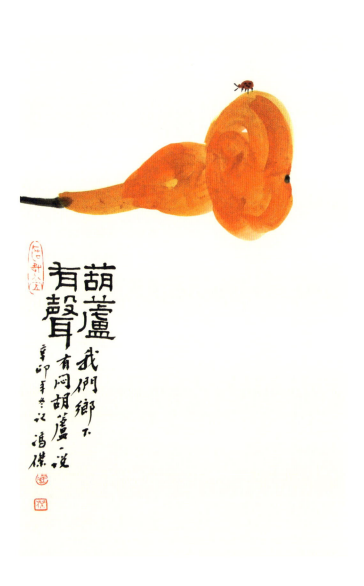

葫芦有声。我们乡下有闷葫芦一说。
辛卯年冬记。冯杰。

配方·和尚之意

—— 读书手札

与其说是一个秃头和尚开的药方，不如说是曹雪芹执笔。

宝钗有哮喘病，发作起来，得吃一丸"冷香丸"方可止住。问世间哮喘为何物？谁配得哮喘病？曼殊菲尔德、李清照、林黛玉、林徽因这些才女。孙二娘、穆桂英、扈三娘都不配得。何谓冷香丸？冷香丸是如何制造？根据曹氏药方，我耐心揣摩，感觉比出口军火、比当代摇头丸工序要复杂。

须要春天开的白牡丹花蕊十二两，夏天开的白荷花蕊十二两，秋天的白芙蓉蕊十二两，冬天的白梅花蕊十二两。仅药材难找就不说，四样花蕊还要于次年春分这一天晒干，还要有雨水这一日的天落水十二钱，白露这一天的露水十二钱，降霜这一日的霜十二钱，小雪这一日的雪十二钱。四样调匀，制成龙眼大的丸子，盛在旧瓷坛里，埋在花根底。发病时，拿出一丸，用一钱二分黄檗煎汤送下。

要耐心。谁把这药丸子最后吃下去，一准就是行为艺术家。

药方的过程，迷离，魔幻，荒唐，想象，缠绵，奢侈，讲究，有趣。这药方开得就像一篇童话。曹雪芹只有将那单子递给宝钗了。

什么人就得服什么药，方符合身份。关于冷香丸，清风寨里将宋江吊在柱子上的好汉们会不屑一顾，根本就不吃，甚鸟黄檗煎汤，"只管卷起袖来，手中明晃晃拿着一把剜心尖刀。凡是人心都是热血裹着，把冷水泼散了热血，取出心肝来时，便脆了好吃"。一个"脆"字，用得多好呀，不亚于王安石那个有名的"绿"字。

曹雪芹如果让那些好汉配冷香丸子服，大家肯定没有耐心。会一脚踩在地下。

都是这秃驴惹的。

2008 年 7 月 7 日

琵琶怎么能吃呢

题目是疑问的口气。

两者是中国文化史里最经典的"通感"。

白居易《琵琶行》里,有"银瓶乍破水浆迸,铁骑突出刀枪鸣",是铮铮铋铋、气势磅礴之声。诗句行走的是声音。纸上之声。说的就是琵琶。

"可是琵琶怎么能吃呢?"有一天,小孩子忽然问我。

对呀,小时候我第一次听到琵琶能吃,也有这样的感觉。音乐怎么能吃呢?

世上一定是先有枇杷,后才有琵琶的。琵琶正是因为形状像枇杷叶子而得名的。属于因形赋声。不会是音乐先于草木。

其实是"以手批把,因以得名"。音乐公式应该是:批把——枇杷——琵琶。

因为想模仿点古典,我就也在院子里栽种了一棵枇杷树。五六年了,它臂膀高过屋檐,绿顶如盖,却还没有结果。这会不会是一棵不孕不育的"同志枇杷"?

后来,果然有专家告诉我:枇杷有雌雄两种。竟也像男女一样。雄的光长叶子,不会结果。

大概我家的那位就是此公,不华不实。枇杷有着植物志里最好的树形,华顶如盖,叶子轮廓优美,倒让我做了许多书签。在单调的书里,它让我看到河流的走向。

知道这个情况后,我就再也坐怀不乱了。枇杷不结就不结吧。一棵枇杷自唐代走来已属不易,又来到北中原,来到我家,人尚不必勉强,何况草本植物?

那么每天我就只好在树下心平气和地吃宋词、吃唐诗,吃白居易制造出来的那些音乐之声。

2005年9月19日

琵琶声里枇杷香,夜雨通感诗句响。依稀故园往事落,一树陪风摇月光。辛卯年初夏,于听荷草堂制打油诗一首。冯杰记。

琵琶聲裡枇杷香夜
雨通感詩句響依稀故園
往事落一樹陪風搖月光

辛卯年初夏於聽荷草堂製打油詩一首 馮傑記

补记：

不料，又三年之后，今年门口那棵枇杷虚晃一枪，竟结果了。看来是我对枇杷误读，就像"枇杷"与"琵琶"多年一贯的通感。在下正式向枇杷道歉：你比我更有耐心。

2008 年 5 月 8 日　又补记

爬杈猴

我们村里称为的"爬杈猴"，就是夏天的"知了猴"，其名更具形象。就是蝉的幼虫，晚上捉知了幼虫，我们叫"摸爬杈猴"。动词。

知了幼虫在夜间出来，爬上树干或草上，蜕皮，飞翔，这时才能叫蝉。金蝉脱壳喻示着新生。还有一丝智慧和狡猾。

黄昏，每到吃完晚饭，村里好吃嘴的大人和馋嘴的孩子，带上竹竿、塑料袋子、手电筒，到黄河大堤两边柳树林里，开始"摸"了。有的孩子摸到兴处，往往到后半夜才回家。也有摸到一声冰凉的惊叫，摸到一条滑腻的长虫（蛇在北中原叫长虫）。

一场夏雨过后，是地下出来知了猴最多的时候。有时一晚上就能摸一脸盆子。回家用盐水浸泡后，入锅。

家里油少，母亲舍不得放油，就使用一种"焙"法，把知了猴在热锅里来回翻炒，我们叫"炕焦"。炕时，连口水都等不及了。

蝉最喜欢柳枝、榆枝这些柔性木质，蝉把子产在树枝上。后来我还看到它在我家竹子上停留，但不一定刺枝下卵。驿马般路过。

父亲告诉我，蝉子又叫"雷震子"，靠那些突然炸响的雷声，才把有蝉子的干枯枝条震落。蝉子下地，能进行生命的轮回。

一只蝉在地下要忍耐七八年的黑暗时光。它摸索穿越无尽的黑暗，才能出来看一线光明。它在世间生存的时光却不足两个月。生命竟是如此短暂。有的甚至刚探出头就被我们摸去，下肚，沉沦，这样的一生只能算是两个小时。

姥姥不喜欢让我吃知了猴。她说，吃知了猴，上学写

虽是短日，却要高歌。
壬辰夏日客郑，忆故土之声也。为记。冯杰。

字，手会打哆嗦。

长大后，我执笔，悬腕，飞白，1973年在孟岗小学校墙上写过批判"师道尊严""反动权威"的大字报。纸上落霞流云，处处妙笔生花，整张纸上并没有表现出来一丝哆嗦。

我成了"名人"之后，有一次看到几位京城"著名书法家"表演，他们写字时，竟在纸上作着无谓的"著名哆嗦"。

暗笑：

看那熊样，他们倒像多吃了"知了猴"。

2011年3月27日

說食畫
馮傑

趣文

茄子的腿
秦椒

茄子的腿

姥姥当年把茄蒂叫作"茄腿"。我第一次听到，以为乡村茄子都长有腿。

茄子腿，非要归类，就属于"中介人"角色。我觉得位置像是茄子的领结。茄子腿绿色或紫色，带刺。有时在菜园，不小心就会被茄腿扎一下。像是茄子的抗议。

这一天切茄子的时候，我忽然想到了三十年前的茄腿，就要刀下留情。妻子一脸困惑，说："你吃啊？"我听到是呛人的口气。想想也是，现在人们都不吃茄子腿了。于是把茄皮、茄蒂倒到垃圾桶里。

在我印象里，姥姥和乡村里的许多细节连在一起。那时即使带刺的茄子腿也舍不得扔掉。茄子腿常常切碎，炒菜、蒸菜，或晒干，用于冬天煮粥，叫作"馇咸糊涂"。

后来知道，茄子腿还是一味中药，治背疮病毒。《本草纲目》上说，用十四至二十一个茄子腿，水、酒煎服。中医里多含有数字神秘学。

后背疮在民间可是要人命的一种毒疮，当年《水浒》里宋江就得过。可惜施耐庵不知道我们北中原的茄子腿的奥秘。茄子腿还治牙疼，加细辛末，一上来就可镇住好几颗腐败的大牙。

面对茄子腿，村里中医胡半仙让我大开过眼界。

中医的口头禅是"偏方治大病"。保守，缓慢。他却解释说"病来如山倒，病走如抽丝"。秋后，我会看到他将茄腿摘下晒干，在锅里焙干，焦黄，冷却后研成细末。从木橱里拿出几个瓶子，收集到里面。村里有人生疮，他就倒出来一些粉末，拌成稀糊，涂在疮上。七天之后，果然痊愈。

他说：西医就得动刀，像赵一刀剃头。

有人问他,不说。他只说是"天丹散"。

我知道,其实应该叫"茄腿去毒散"。只是我也不说,茄子也不说,守住茄腿秘密。

2009 年 9 月 9 日

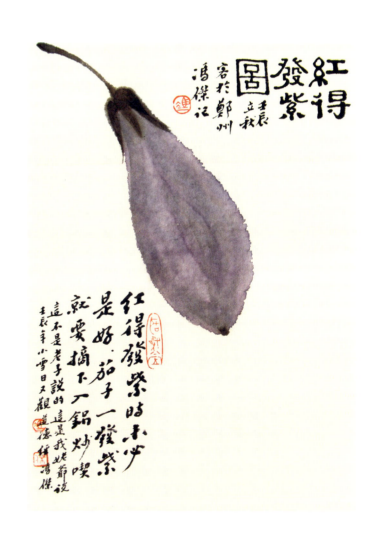

红得发紫图
壬辰立秋客于郑州,冯杰记。

红得发紫时未必是好。茄子一发紫就要摘下入锅炒吃。
这不是老了说的,这是我姥爷说。
壬辰年小雪日,又观《道德经》。冯杰。

秦椒

我母亲一直称辣椒为秦椒。

让我想到,这种常见蔬菜的第一颗种子,源自遥远的大秦帝国。

时光一页一页地掀过,中国有许多历史大事,多记在正史之上。只有痕迹与残片才遗留在乡村,从那里,隐隐还能嗅到历史如旧屋或陈仓的气息,散发自浅浅青苔上或深深的民间书卷里。

这是秦朝的蔬菜。秦始皇当初吃过之后,也没有敢把这小小的散出芳香的种子与书一同烧掉。那样的话,它在烧痛的灰屑中也会发出阵阵呻吟。

那时,我正在乡村炒菜。面对翻炒出锅的热闹过程,竟没想到这会是"焚书坑儒"的另一种翻版。可见乡村的时光是多么平和宁静啊!风吹过辽阔的大地,万物皆动。

土地经过了那么多次的大劫与翻晒,它生长,抽枝,结果,最后依然还平静地称作"秦椒",这近似于一种文化的纪念与大地的宽容。

大地收留一切。

长大后知道,辣椒是在明代时才传入中国的,辣与暴君无关。可是,为什么不叫"明椒"而叫"秦椒"呢?

恐怕习惯与乡村词汇早已无关。

在乡下,我母亲一直称它为秦椒。

説食畫
渭傑

地支

「二十五节气」和苏东坡的咳嗽
热豆腐
肉馅包牛

肉馅包牛

包子、扁食口味的好坏，不在于皮的薄厚，取决于内部馅的丰富。

馅搭配要大胆，譬如萝卜配羊肉，茴香配白菇，土豆配泥鳅。还要合乎情理才对。你萝卜加入猫须虎骨明显就不对。

剁馅需要一种灶头上的耐心，不能心急。我母亲不说剁馅，把剁馅说成"盘馅"。盘饺子馅，像理青丝叫"盘头"一样。这称呼包含有一丝细致的手工之意。

春节盘馅时，厨房窄小，我父亲有时求快，会双手剁馅。两把菜刀，高高低低。菜墩上声音均匀，那些声音像一一被斩断，灯光伴葱伴姜，和声音混合在一起，布满一间小小厨房。那些温暖的烛光开始倾斜。

我剁大葱馅时，葱白气息弥漫，往往被辣得睁不开眼睛。我爸说，放到菜案边一碗清水就不辣了。

上善若水。我干脆左右各放一个。

馅裹在皮内部，好坏不易看出，只有隔皮断瓤，不吃不知道。

馅好吃全凭要剁到位，最后再调和。如想要馅香，剁好后可加入芝麻油。按顺时针来搅馅。逆时搅馅，那些顶着流动的时间也会不香。

在村里一般人家不舍得多放芝麻油。

这年春节，队里饲养员老德养的牛病死了一头，扔了，都觉得可惜。剥了一张黄牛皮后，队长决定全村把肉分了。

肉少，人多。有的人家只有一小块。

一只狗偷一块骨头，从村东兴奋地跑到村西。

我二大爷从滑县城挖了一冬天卫河，这天归来，蓬头垢面。吃我二大娘包的牛肉包子，还有闲心，说："你这包子我都吃了三里地，也没有吃出来一丝肉，也能叫包子？"

我二大娘让他就凑合吃。

我二大娘结尾时说："嫌少？我要是包到馅里一头牦牛，出来还不抵死你！"

2012年12月3日晚　在豫中鲁山

甘其美，安其居，乐其俗。邻国相望，鸡犬之声相闻，民至老死，不相往来。此老子语也，是让大家都去吃萝卜。壬辰年客郑录。冯杰。

热豆腐

—— 乡村人物传之二

"热豆腐——!"一声长长吆喝,如横柴入灶,就递到胡同口来了。

每到下午这个时辰,"豆腐赵"那辆豆腐车会准时来到胡同口,开始售热豆腐。

这种形式的热豆腐只有我们北中原有,豆腐赵家的最正宗。热豆腐是论箱卖,一个小箱子里装一块,用一块素布包裹,下面垫有一托板,端起来,不用筷子,不用羹勺,再大的食客也必须站着,吮吸。

那热豆腐鲜嫩,清一色的素豆腐,不加任何佐料。外观整整齐齐一块豆腐,吸到嘴里就变成糊状,能一口气吸完,最后只剩下一副托板。

热豆腐,赵家是祖传的手艺,他八岁就开始跟他爷学做热豆腐。他爷是长垣的"豆腐王",据说还给袁世凯送过豆腐。豆腐赵说:是袁项城。

他说:我这热豆腐败火,去热。你害眼病,千万不要去胡半仙的眼药铺子,喝我两箱热豆腐保准就好。

一边吸豆腐的人扑哧笑了,险些吸呛:这话你千万不能让胡半仙知道,他非掀翻你的豆腐车不可。

豆腐赵说:前天我还和他一块儿下棋。

城里常喝豆腐的都知道,豆腐赵除了做热豆腐,还有一个嗜好,下棋。

这种热豆腐制作比平常的豆腐讲究,关键是磨豆浆时加水,不能多,也不能少。水少,口感苦涩;水多,豆腐难定型成块。最后豆浆加温最需技巧:温度高,质硬味苦;温度低,所有豆浆全报废,只能喂猪。

豆腐赵的热豆腐一天只做"一个豆腐",他把一车称为"一个"。再要,也不做。有时,从他家到我住的胡同口,一共要走过十二条胡同,路上吃豆腐的人多,走不到我家胡同口就卖完。只剩下空荡荡的木板。

卖完,回家,下棋。

这是一个"豆腐逸人"。

除了做热豆腐,就是细细看《橘中秘》和《梅花谱》。据他说,十二条小胡同里没有一个对手。让我觉得,那一双手根本就不该去做豆腐。

2011年3月17日

哮喘有点如怀旧，"似曾相识燕归来"，每到一定季节，不期而至，倒像是二十四节气里的一种，真可称为"二十五节气"。

我少年时，几年里都困于咳嗽。病期自每年秋冬之交，比一个叫"立冬"的节气都要准时。咳嗽起来，喘得胸口疼，震得头痛，夜里睡觉都要趴在床上。

到医院治疗，医生最后诊定于季节性哮喘。开了一大堆西药，饱受苦药之累，最后也未根除，年年复发。一天，乡下的外祖母知道后"出场"了。她说偏方治大病。即使无效，也不影响身体。

姥姥一说内容，我笑了。

姥姥用红梨炖川贝，熬两小碗，每天晚上让我睡前喝一碗，次日早上喝一碗。半月之后，竟好了。单方是红梨一颗，贝母十克。半月一疗程。姥姥说，川贝母最好，如无贝母，单熬红梨也有效。

后来我看到更气派的单方，与明末的傅山有关。在古代，哮喘到极致就是痨病。傅山是名医，又是书家，他给一位痨病鬼开一个药方，药材竟是满满一船梨，让患者坐在船头，自山西吃到河南。果然，船还未到下游，痨病在中游就好了。

这方子让我惊得吐舌头，它比姥姥的厉害。多亏了我未遇到傅山，姥姥只给我十五颗红梨。

一天看《苏东坡传》，知道苏东坡晚年也困于咳嗽，哮喘。可惜生不逢时，要不我可以送给他我姥姥的十五颗红梨。

如果有一种聪明简单的治疗气喘方法，我希望尝一下我姥姥的红梨。这中医不行，你再改革换西医，你只当做一个轻松的"梨子游戏"。

地支

石榴的骨头
扫帚苗
三尺长
烧鸡架子
柿子的别名就叫涩
蔬菜的脾气
柿子蒂的小细节
食堂菜
沙土炒花生仁儿

石榴的骨头

当年姥姥家门前种有一棵石榴树，每到夏天，榴花如火。静夜，闭住气，就能听到一股股小火苗忽地一声，蹿到窗口。冬天恍惚就冻结为门框两边的春联。

结的石榴不多。一家人还没有明白留意，虫子们却早已提前搬进一座座石榴房子里，在内部作甜蜜之旅。姥爷把石榴卸下来，剥皮，都有虫子一一出来。

剩下完整的几个必须存放到八月十五，以便中秋节上供用（我在吴昌硕笔下的《清供图》经常看到它的身影）。为了保鲜，姥姥就把石榴储藏在粮食囤里，说这样才保险。那时存放西瓜也是如此。

石榴花萼像扑克牌里老K戴的皇冠，后来读《圣经》，我看到《雅歌》篇里竟如此形容美女眼睛，"你的两太阳在帕子内如同一块石榴。"这翻译走神了，肯定有问题，石榴多籽，那不成了乱流泪的风泪眼？

多年以后，我还别出心裁，用石榴皮泡水画画，作辅助的颜色。和一个女孩子吃石榴，皮剥下来，不小心被她涂在衣服上，斑驳一片。我说不易洗掉，她告诉我：这就是石榴裙，你一不小心就拜倒了。我终于找到了典故出处。

还说我家当年的石榴。后来姥爷听说白石榴不生虫，院子里又种了一棵白石榴。

红石榴开红花，果实是红籽；白石榴开白花，果实结白籽。红白相间，各不相干。红白分明，都有自己的传承。

姥姥说给我一个单方：吃石榴时，让我连石榴籽也一同嚼碎咽下，那样可以"杀食"。是乡村治疗儿童积食的土法。

这个与童年有关的习惯让我保持到现在，有一点儿贪

婪,以至家里的孩子们常笑我这个吃法,都惊呼:天哪,
怎么竟连石榴骨头都不吐?

2007 年 6 月 26 日

扫帚苗

——一种上天堂的工具

"扫帚苗",是北中原一种野菜的乳名。风吹杖斜。

它只有小时候可以吃,因为幼稚年轻不懂事,必定得让人吃掉。长大就不能吃了,因为老成,太懂事。人一成熟,肉显老,就不好嚼了。才有老牛吃嫩草的习惯。这种草长大可以做扫帚,有风骨,可用来扫地。清扫出门。

我们村里,家家的院子都用这种扫帚苗打扫灰尘。

乡下还有个词在这里用得最准确,叫"扶"——扶扫帚。我考证时想:这年头,人还扶不起来,如阿斗一样,一把四散且毫无中心思想的扫帚苗怎么能"扶"?后来恍然:原来是"缚"。"缚扫帚",用于捆绑,古语也。一个伟人曾要"何时缚住苍龙?"可见我们北中原乡下人用词之准之古。

扫帚苗,小时候天生是让吃的。从我记事的时候,这种野菜在乡村多得成群结队,如县志"正史"上所谓的乡村"草寇刁民",正齐心协力地向秋天远征。

那时我家屋前房后都是,用的是"农村包围城市"的战术,一粒粒,籽很小,比心眼还小。小苗子向外延伸。外祖母蒸馍时,还善做一道"蒸扫帚苗",是人间最美的一道乡村食品。如今想起来,无限伤感。

只有剔剩下的棵苗才能长大,最后都变成一把把扫帚,先在乡村集市上出售,卖不出去的自家开始使用,来扫地上的灰尘与檐上的蜘蛛网,给乡村的驴马们肚皮搔痒。记得我家那匹小灰驴收工后被搔得一高兴,便会一脸坏笑,抬抬前蹄,如现在明星台上的作秀。

我那时在离城市遥远的乡下,没有什么奇妙的幻想。不像现在,城里的孩子们看过最时尚的《哈利·波特》。在那里，扶着一把扫帚，骗腿跨上去，"呼"的一声，就可以绕过教堂，上达天堂。

骑上一把乡间的扫帚，孩子们可以在无数座高大的教堂之间飞翔。在庄严华丽的宗教壁画上飞翔。在一册洁白的《圣经》里飞翔。因为有扫帚，还可以骑着扫帚旷课，可以逃学，可以早恋，可以对那位讨厌的不想见的老师"呼"地一拐弯儿，拜拜，敬而远之。

竟会如此曼妙。

早知道是这样，我会把老宅院里的那些扫帚苗统统留着，不吃。浇水，施肥，呵护，期待它们一一长大，长到现在。赠予你，也好一棵棵，不，一位位派上用场。

如月夜一匹苍狼。

2002年

三尺长

——读《三国》手札

乡村远景:姥爷在乡村月夜一面青石上讲《三国》。

局部近景:点一柱青灯,灯光照着一张张疲惫的脸。闪着艰难里难得的喜悦。

残月如钩。半夜了,姥姥就让我喊人,那里依然一盏青灯。姥爷正在与曹操谈话。代价是大家供应我姥爷抽烟,能抽满满的一夜。我姥爷烟瘾大。

我是在动荡的"三国风云"里长大的。看到过方天画戟。看到过赤兔马。和一缕关云长三尺长的胡子。

《三国》里说到左慈有一次参加曹操的宴会。曹操说:"这宴会好,就差淞江鲈鱼。"左慈说:"这容易得很。"于是立马就要了一个铜盘,装上水,用竹竿把鱼饵挂在鱼钩上,在盘中钓鱼。不一会儿,就引出一条鲈鱼。曹操说:"一条不够,来两条最好,弄个四菜一汤。也不超标。"左慈便把鱼饵挂在钩上,又引出一条鱼,有三尺长。

这事过后,我也悄悄搬出家中一面铜脸盆,作法,钓了一上午,一条也没钓出。

长大后,我只好当了诗人,开始去垂钓词汇了。我知道,这同样什么也都钓不出来。

记得那一晚,姥爷说:曹操当时就把左慈当妖怪拿了。

2006 年 9 月 29 日

三尺长。丙戌年于听荷草堂也。冯杰。

少年时在乡村听《三国》，记得说到左慈在曹操宴会之上，曹称无淞江鲈鱼。左慈就说："这容易得很。"于是就要了一个铜盘，
装上水，用竹竿把鱼饵挂在鱼钩上，在盘中钓鱼，不一会儿，就钓出一条鲈鱼。曹说："一条不够，钓两条最好。"左慈便把鱼饵
挂上，又引出一条鱼来，有三尺长。

于是，我也搬出一个脸盆子，钓了一上午也没钓出一个。

便笨得去当了诗人，去垂钓词汇。

烧鸡架子

我们居住的小村庄离滑县道口镇六十华里，那里有一道名吃叫"道口烧鸡"，最有名的一家叫"义兴张"。至今用的还是清朝的老汤。镇以鸡出名，许多人就是先知道道口的烧鸡，然后才知道"道口镇"的。

有一年，一位亲戚为姥姥家送来一只烧鸡。我看到上面裹一张红纸签，用一条纸绳子紧紧勒着，牌子是"义兴张"。

姥姥舍不得吃，用报纸包好，储藏在门后一方小瓮里。

我每次路过，隐隐闻出来香味，忍不住掀缸，悄悄撕一点儿，两天后再撕一点儿。入口时舍不得一下子吃完，就含在嘴里，让鸡丝慢慢融化。

有一天，客人来了，一家人正为上菜的事犯愁。忽想起小瓮里还有一道烧鸡的菜备着，而且还是一道名菜呢。

姥爷掀缸，拿出来一看，红纸里，却只剩下一副孤零零的鸡架子。

乡风里的舞蹈
辛卯秋于郑。得包装纸一张，为之一试，颇得粗意。冯杰记。

村语：在我们村里，当年有一厉害的公鸡，它竟敢和蛇斗。姥爷说，斗的地方可是龙凤之地。又为补白也。

录现代民谣一首也：遇到不公你不敢散布，遇到欺压你只会散步，你说这是现实的残酷，酷你个鸟啊！你不酷，你不过多穿一条裤。
此谣与鸡无关，不过补白耳。又注。

鄉風
裏的
舞蹈

辛卯秋
於鄭得包裝紙一張
好之一試顧得粗意馮傑記

錄現代民謠一首也

遇到不公你不敢散布
恩到欺壓你只會散步
你說這是現實的殘酷
酷你個鳥呀你不酷你不過
多穿一條褲

此謠與雞辛關
白耳。又注

邨語

在我們村裏
當年有一屬
害的公雞安
童敢和蛇斗
蛤蟆說斗的地方
可是龍鳳寶地
又為鋪白也

说食画 — **193**

柿子的别名就叫涩

天下画柿子的人，多多。如果不以名分才气而言，只按照画柿子个子大小往下排，"柿子座次"一定是这种排法：

计有吴昌硕、齐白石、虚谷、赵之谦、潘天寿、冯杰。

我手下走过了那么多颗柿子，认为，柿子画得最好的一幅却是南宋牧谿和尚的。六个柿子端坐在那里，拙笨，简朴，却透出大智慧心。像六个红脸罗汉，在打坐。

打我识字始，知道柿子就是涩。

我对"涩"的感悟一向深恶痛绝，因为小时候偷的柿子大都青涩，苦不堪言，像文言文，像鸡肋。因为涩，小时候跟着姥爷在乡村"溇柿子"，这是一道乡土手工制法，用烧开的热水将瓮里的涩柿子加工致熟。这样，青柿清脆，不涩。

"涩"在中文里的意思永远是：青涩，艰涩，苦涩，稚嫩，晦涩，滞涩。都是不成熟的表现，可划入出身不好接受教育的词列。后来，一个懂日语的人告诉我，"涩"在日文中显得别开生面，却可引申为"好的""雅的"品位。

在下一惊，莫非宋代先人与后世的倭寇私通？

因为我就认为牧谿和尚的柿子境界是涩中有雅。

涩是一种生命力的象征，涩有一种青春朝气，原色的，野性的，更接近原创。只要当下有涩，未来肯定就有成熟。涩一点儿愈好，起码比世故、媚俗要强。

而媚俗就是"软柿子"，从"骨感"上而言，拿不起来。

2008年7月3日

记忆。

壬辰秋忆旧事，冯杰记。

蔬菜的脾气

杏林周围有一片空空场地，大约可摆满百十张牛皮。这方空地大家都叫北场，农忙时全村人轮流在里面碾麦打豆。我最记得姥爷有言：北场里的花蘑菇不能采吃。

它们能毒死人。

中年之后，觉得野菜之毒是自己防卫的武器，多属自卫防御性质。世界上的野菜一般都不主动去伤人，除非是人先招惹了它。从植物的自我立场看，吃野菜中毒，活该。是你先动嘴的。

村周围的花蘑、猫儿眼、曼陀罗，都属于此列。见面，敬而远之。知道它们要脾气，会让人舌麻，伸腿，吐沫。

我推断过，在菜史里，那些性格温柔、心地善良且没有脾气的草，后来都"招安"沦落为蔬菜，任人大嚼。那些有个性未能驯服的植物，从开始就不买账，一直长在山里、野外，带点儿野气，始终拒绝与强者妥协，不合作。于是就叫野菜，像称呼倔强的在野党。

村外的那些野菜一般是毛毛刺刺的，显得粗服乱头。它们有点儿"藕服荷衣"之风，这一点像古书里说的世外隐者，从不屑于朝政之事。一棵一棵只管餐风饮露，听风观雨，得日月精华。而那些离人类最近的草，下场多被洗净清炒、凉拌。

有的逐渐退出蔬菜直系，像葵，它很早就在古书里露脸，宋以前的国人都食葵。葵走着走着，中途醒悟，就从斜道溜走了。辞金挂带。还有异邦加入过来的那一类，慢慢融合，勉强成为蔬菜家族一员。

小时候，我还扛着篮子跟随在姥姥后面，步行到邻村捡拾遗忘田地里的花生芽，家里菜少，就洗净炒吃。

这一类可以恭添于"人才未用之列"，属于另类蔬菜。

记此仅作备注。

有许多我们常食用的菜蔬，据说前身都是从西方、中亚过来，如村里的根荙菜、菠菜、芫荽。它们都在前朝——融入本土，中国人食用起来照样对己有益。

这是一种"草木对照记"。

只是村里的人吃菜时，肯定不会想到这类貌似知识渊博的闲事。我能有如此乡土知识，我讲究草木，就得益于我小时候分菜的那些绿色记忆。

2008 年 7 月 1 日

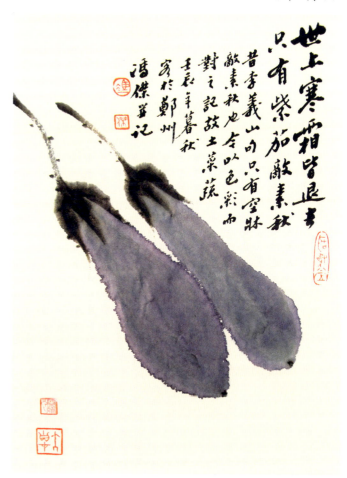

世上寒霜皆退去，只有紫茄敌素秋。
昔李义山句：只有空床敌素秋也。今以色彩而对之，记故土菜蔬。壬辰年暮秋客于郑州。冯杰并记。

柿子蒂的小细节

在村里,吃完柿子一般都是嘴巴一抹,把柿子蒂扔掉,肯定不会去暖手或当宝贝藏着,甚至有时提前就扔掉。夸张地形容,就是有点儿近似国家尚未成立,就先把上面的那个大臣砍了。但柿子蒂不会影响柿子口味。像古文里多余的标点。

后来,我没想到柿子的这一细节竟还有作用。柿子蒂,治打嗝病。

有一年,我父亲刚刚退休在家。打嗝,后来知道病理上学名叫"呃逆"。连着打几天,止不住。时间一长,人受不了,是翻肠倒肚的难受。带他到县城人民医院,面对这类小病,医生也没招儿。都说是小病,忍忍就愈。一个名医竟开出一笺诸葛亮般的下策,说:找事发急,你一急肯定就好。

我父亲都急了一辈子,他耿介,一辈子不会忍,尤其对看到的邪人恶事。但面对呃逆,必须忍。

姥姥想想,说到一个单方,说柿子蒂可以治打嗝。

家里一时找不到柿子,住的地方离田野近,我就蹚着露水,到田野寻找柿子树,找上面那些遗忘枝头的柿子蒂。好在枝头除了挂满风雨,竟找到几枚,感觉上像宝石。煎汤,热服。我父亲从来不信这种方式。

后来打嗝治住了。可能是多种原因治疗。我却不认为是柿子蒂单独的功劳。

乡村偏方只能在某一种方言区里有效,在一个家庭里,还有一种暗示功能。

我姥爷当年在村里讲古时,他给大家说:当年李闯王打天下,部队没有军粮,自商州来中原,又从河南北上,就是靠河南的柿饼充饥,一口气打到北京城,把朱皇帝逼到一棵著名的黑槐树下。

长乐永康
柿有七绝:一寿,二多阴,三无鸟巢,四无虫,五霜叶可爱,六嘉实,七落叶肥大。此唐人段成式之酉阳杂俎语也。戊子年初。冯杰。

民樂猴薦

柿有七絕一壽二多陰三無鳥巢四無蟲蠹五霜葉可愛六嘉實七落葉肥大此唐人啟成式之酉陽雜俎語也戊子年初鴻傑

我想历史书上肯定是不会这样记载的，即使有，也是"柿子永远大于柿子蒂"。闯王的记忆里肯定没有柿子蒂。柿子蒂只会阻止"呃逆"，不阻止天下流寇。

2011年3月10日 客郑

附遗：

写完此文外出，见金水河闹市桥头蹲一乡间女人，摆一个柳篮，里面竟盛满柿饼。柿饼缩头缩脑，还是那种小饼子，它从乡村误入城市。我说，你上面撒的是面粉。她非说是柿饼霜。我自有童年经验，用舌头舔一下，舌尖不凉，不甜，不惊。

妇女就转话题说：那你回去切柿饼吧，下面汤，清热去火。

我称了三斤柿饼。目的仅仅就是为了纪念今天写这篇"柿饼蒂"。

食堂菜

是要说两个食堂。

一个是我经历的食堂,坐落在孟岗小镇东头,由供销社主办,里面主要是熬菜。熬菜成分包括切碎的油馍头、红薯细粉、白菜帮。开始是一毛一碗,后来两毛一碗。我冬天放学喜欢站在灶边向火,看炉火通红,映照厨子的脸。我一边闻,抚摸那些免费的菜味。

一个家里有办法的同学,经常怀揣一空碗,在食堂穿梭,给他爹端菜。

我充满理想。

另一个是我姥爷说的食堂,叫大伙食堂。

滑县进入共产主义那年,我村的食堂开始吃稠,后来喝稀。再后来大伙食堂每人一天一瓢稀饭,清澈见底。鱼翔浅底。

我姥姥领饭时舍不得喝,忍着,带回家让我姥爷喝。我有一个远门三姥娘,却不这样,在路上她就早早喝完,因此那个远门三姥爷最后也就饿死了。不过在北中原,我的姥爷多。后来姥爷死了,姥娘开始多。

我一个表舅姥爷当年是道口镇一位中医。李书记来看病。

问:"为什么浮肿病治不好? 少啥药?"

我舅姥爷说:"少一味粮食啊!"

李书记沉思,觉得这中医用心恶毒,回去后就逮走了人。

前年我在郑州滥竽充数当一次烹饪评委,完毕闲聊,忽然,就吃惊地见到那一个长着一脸络腮胡子像鞋刷子、头发像一丛风中荒草的人。恍惚我少年时见过。

他吸一口烟，问我中国九大菜系是啥？

竟还有老九？我只知道中国有八大菜系。

他说，就是"食堂菜"。食堂菜是中国第九大菜系，广泛分布于全国各处，烹饪方法有瞎炒，乱炖，猛煮，大锅。主要特色以不放肉不放油闻名于世。

我一笑。我还一怔。两个食堂菜，我不知他说的是哪个食堂菜。

2012 年 11 月 29 日

四条汉子
团结也不一定有力量。
壬辰秋，冯杰。

沙土炒花生仁儿

从胡半仙他祖父行医那辈子开始，就有一个祖传的催奶单方：花生米，黄豆，配猪蹄子同炖，喝汤，三天之后，必定下奶。全村有孩子的女人都尝试过这一单方。

我在这里先引用以上这些"女科"，主要是为了下面说明花生的好。

有一天，姥姥喊我，用一张罗筛沙土，说要炒花生仁儿。我们村里把落花生简称落生，又叫作花生仁儿。我家的两张罗分粗罗、细罗两种，细罗还叫"蚂蚁罗"。我用一张蚂蚁罗就把沙土细细筛过，备用。

那里穿过无数只金色的蚂蚁，它们携带着细碎的童年时光。

全村的土质都属于沙质，队长曾让栽泡桐固沙，栽了几年也没有固住。沙，不但是金色蚂蚁，还宛如一匹黄虎，来去从容。沙地种小麦大豆产量都不高，却适合生长花生。我们村里收获的花生就显得粒大，饱满。无论煮、炒、生、炸，统统适宜。

炒花生仁儿，是我姥爷多年里拿手的一道佳肴，可以列为他的代表菜。

把花生米先用大茴香、小茴香、花椒、桂皮加盐水浸泡。腌透，捞出晾干。这第一道工序叫"吃味儿"。

再把细罗筛过的沙土倒进铁锅，用文火，在锅里面慢慢翻动，不能心急。沙土均匀受热后，倒入花生米，一把小铲子不能偏向袒护，必须面面俱到，不然花生焦皮发黑，外观不雅，就像有人下巴长颗黑痣。

炒花生仁儿的出现，使村里才有这样的饮食习惯：来了客人，上来的其他菜都用筷子夹着吃（我们又叫"扪"），只有花生仁必须是用手捏着吃，或用手抓，揉碎，吹去红皮，下酒。一屋子装满"咯嘣咯嘣"的声音,像嚼快乐。

姥爷和我们在长垣小城东郊居住的那些日子,扢一只篮子,沿街卖自己炒的那些花生仁儿。我姥爷童叟不欺,在胡同里稍有名声。他卖的钱都有手温,最后都交给我母亲。说,补贴家用吧。

我在郑州谋生。一次酌酒,在菜单子上看到一菜名,叫"奉陪到底"。好奇,又看到价钱适中,便试点了这道。小二端上来,竟是一盘最普通的腌花生米。

世界上这些花言巧语的小奸商,玩起花招竟还是如此可爱。

2011年4月6日 清明节后

說食畫
馮傑

听我姥爷说宋朝的面
土著的鱼们
套肠
剃头逸事
铁器一般·花生饼

听我姥爷说宋朝的面

关于宋朝的面,主要来源于乡间听我姥爷说《水浒》。

有一天,队长老黑找来一篇社论,让我姥爷念,是当时流行的语录。队长老黑引用《湘江评论》上毛主席的一句话,"世界什么问题最大?吃饭问题最大。"

黑体字经话语说出来,就不黑了,不带颜色了。

我姥爷表示同意,也说吃面最重要,主要是"顶饥"。譬如壮馍、壮饼就比大伙食堂里的稀饭顶饥。外出干活时带着壮馍、壮饼,还有"壮胆"的功效。有粮带着,看着不慌。

我姥爷说,《水浒》第52回里,戴宗携带李逵到蓟州找公孙胜,晌午时分,走得肚饥,进到一家素面店,吩咐店主造四个"壮面"来。戴宗说:我吃一个,你吃三个。李逵说:一发做六个来,我都包办。

后来我推断,李逵饭量大于戴宗饭量五倍,我还推断"壮面"是一种扯得很粗的捞面。

当时李逵对过坐一老者,要的是一个热面。宋朝的热面不是捞面,多带汤,这里有被李逵捶桌溅起面汤"一脸热汁"为证。

老者在宋朝就不满了:"你是何道理,打翻我面?"

我们村里至今还有壮馍、壮饼两种。在村里,这两种食品已经是饼,不再是面。尤其壮馍最有名,壮馍用死面(不发酵的面)裹上肉馅,拍成圆状的面饼,一指厚,在平底锅里油煎,煎熟后再用刀切块。

那时,我一直担心的倒不是壮面,而是壮面之后的公孙胜最终是否出山。

四十年后,我县的厨子浮躁地走向《百家讲坛》,对外开始讲治大国如煎小鱼。我也开始敢给人说:这宋朝的壮面来到北中原,经我村的伙夫马三强他爷马天礼在郑州无意改良,竟成了现在的河南烩面。

2012年12月12日　郑州

第一条·鲤鱼

在北中原，每一座屋都是一尾鲤鱼，瓦是鳞片。雨中时空交错，鳞片里没有时间。《诗经》曰"岂其食鱼，必河之鲤"，里面游动的鱼就是一条黄河鲤鱼。至今亦鲜，至今亦腥，至今亦赤。

另外的鲤鱼有：

我家里窗户上贴有剪纸，鲤鱼在青砖墙上游；元宵节我挑的灯笼有鲤鱼灯，鲤鱼在灯光里游。也有鲤鱼在豫菜里游的，村东"马记面馆"主人马三强，会做开封名吃"鲤鱼焙面"。这是我村的一道镇馆之菜。上面那层油炸过的龙须面就叫焙面，细若胡须。传说河南人最早给慈禧上过一道鲤鱼焙面，就是马三强他爷做的。慈禧高兴，剔牙之后，说你试穿走个台步。赏了他爷一件"黄马褂"。

胡兰成的句子"水仙已乘鲤鱼去，一夜芙藻红泪多"，读诗多的人明眼就会看出，胡是抄袭李商隐的《板桥晓别》："水仙欲上鲤鱼去，一夜芙蓉红泪多。"两鲤不同的是：胡的鲤鱼实际，达到了时间；李的鲤鱼幻想，还没有达到时间。

公元2000年之后，有诸青皮后生开始抄袭老胡的鲤鱼，当作自己的好句子在世界上晾晒。

可见，鲤鱼不单单只是烹炸。

第二条·泥鳅

小时候，我放进一条泥鳅，成全了一方荷塘。

老天爷在村里开一朵荷花，成全一个北中原的夏天。

庄子逍遥游也。乙丑年，冯杰。

马三强还有一道拿手的名菜,叫"泥鳅钻豆腐"。做法绝妙,接近行为艺术。豆腐必须用村西杨老八的水磨豆腐。而且豆腐还不能起皮。

马三强说,起皮的豆腐接近太监,不硬。

第三条·鲇鱼的须

鲇鱼有四条长须。

齐白石画得最准确不过。无论是鲇鱼半斤或四两,齐白石画起画来都斤斤计较。不少一须。可是要算钱的。齐白石曾给我县的厨子马天礼画过一条鲇鱼。

鲇鱼是一根独刺,刺不凌乱,是村里的食客喜欢它的道理之一。清炖最好。喝汤。

世界上也有叛逆的鲇鱼,偏不长四条须,和水叫板,和一条江叫板,和自以为是的美食家叫板。

有一年,在贵州吃乌江鱼。店主说:"凡不是两条须的,都不是正宗的乌江鱼。"

我村里的鲇鱼从来不到这里。

第四条·咯呀

"鲤鱼肉,鲫鱼汤,论吃还是咯呀香。"

这是灶台谚语之一。多年后知道咯呀是俗称,学名叫黄颡鱼。它身上有三杆枪,上、中、下。踩上去,大于古典战场上的铁蒺藜。

我下塘捉鱼,它扎脚或扎手长度之深,刻骨铭心,竟会像一次爱情。多年后想起,还疼。

第五条·白条

在村鱼系列里,这种鱼急性子,离开水十来分钟就死。属于"烈鱼"。

油炸小白条,吃起是最上口的。和鲇鱼不同,白条鱼乱刺多,但经热油一炸,再乱的刺也就统一在锅里了,锋芒皆收,很有世界大同的意味。明清人画的那些隐士图里面,鱼篓边上用柳条穿的就是这种鱼。一笔就可下来。

《水浒》有一条浪里白条张顺。张顺不是鱼。

是一条官逼民反的鱼。

第六条·水墨鱼

游在八大荷叶上面的两尾。

它白眼向天,它黑白分明。

在另一方结冰的残破砚中。

2009年3月初稿

2012年12月继续

套肠

猪下水是乡村平民食品。特点是贱，腥，脏，拖泥带水，杂乱，啰唆，却能花样翻新，化腐朽为神奇。一个动物学家告诉我，说外国人一般不食动物内脏。世间高雅志士同样多不食猪下水。李清照不吃猪下水，林黛玉不吃猪下水，林徽因不吃猪下水，历届奥斯卡奖最佳女演员不吃猪下水。我推测是口感或香型不对。贾宝玉洁癖，肯定也不吃。

但是，我吃猪下水。

再但是，这并不是证明我就不高雅。

十岁那年，在小镇，我和父亲春节前购过一套"全版的"猪杂什，家里用于过年待客，能摆四个盘，做下酒菜。猪杂什，除了猪脸五官略欠端正之外，里面还有一副九曲十八弯的猪肠。

套猪肠是一项耐心的手工艺，必须把小肠套到大肠里，一层一层填充实，然后扎绳系口，配作料再煮。父亲说，套肠得先用清醋细盐洗搓，这样才无腥味。

又不能把它本身独特味道全部清洗革命掉，那就失去套肠的意义。

我记得"脑满肠肥"一词，在作文里多是形容万恶旧社会地主阶级和资本家的。

冬天，在一架小压井旁边，刚出井的水是温的，像十米之下大地的温暖心情。地上的冰凌碴，却让我踩得咔嚓咔嚓，咬牙切齿地响。猪小肠，手指肚一般粗细，在我手里游来游去。父亲一条一条耐心套装着。我打"下手活"。

一只猫在不怀好意地转来转去。

父亲一边说，过去大厨师有一道名菜，叫"套四宝"：羊肚里装鸭子，鸭肚里装鸡，鸡肚里装鸽子，最后上锅蒸。一共四样，其中一样被我忘记了。

那只猫在片刻的松懈里有了一丝小得逞。

我觉得这"套四宝"还不算太好玩，好玩的应该是先有一匹骆驼，肚里装一匹马，马肚里放一匹羊，羊肚里装一只兔子，兔子肚里塞一只斑鸠，斑鸠肚里装一只麻雀，麻雀肚里最好再装一颗鹌鹑蛋或扣子，然后上锅蒸。这想法倒好，只是找能装骆驼这么大的一口蒸锅是难题。我二十多年后到过嵩山少林寺，看到在一棵大银杏树下，有一口可供唐朝一百个小和尚熬粥喝汤的大铁锅。满目沧桑，龇牙咧嘴。后来我还在俄罗斯看到一副套技更复杂的俄罗斯套娃。

可是少林寺、俄罗斯，都与我开始说的那一匹骆驼无关。

父亲在这一年冬天寒风里忙碌着，在冬天套肠，一种平民案俎手工艺。最后，我才开始用一把水瓢往他冻红的手上浇水，刚从井里急急打上来的温水。

父亲去世都快十年了。恍惚就想起那一年冬天，奇冷，我口水结冰，他腰酸，用手捶捶，在寒风里慢慢艰难站起来的样子。

2010年3月6日

剃头逸事

——乡村人物传之三

（兼写冬瓜、葫芦菜蔬之外另一种用处）

前面说过，邻村河门头一共有两个剃头匠，大者俗称赵一刀，儿子就逊色一筹，谦称了赵半刀。

一年四季，父子俩在几个村庄轮流剃头。每月来留香寨一次，为村里人统一剃头。"赵家军"出行的装备简单，就是一个挑子：前面挑一方白皮铁桶，装满热水；后面挑一方高腿木凳。

每次见到他爷俩来到村口，我姥爷笑，说："老赵，你是剃头挑子——一头热。"

老赵终于有一天挥不动剃刀子，我看到换成赵半刀来。

赵半刀热水桶里放一把舀水瓢，那把瓢摇摇晃晃。那年正在批宋江"投降派"，我看过一卷翻得起毛边的《水浒》，感觉他有点儿像里面那个白日鼠白胜的卖酒状。

赵一刀的那把剃刀从头到尾全部运用。赵半刀剃头只用前半部剃刀，后半部不用，其实是用不上。有人问，他口出诳话，说，我到杀人时再用全刀。我一直没有见过他杀人，有一次，倒见他把自己手指割破。

我姥爷一年要交给赵一刀三升新麦子，用来剃头一年。数量虽少，可一人三升，全村人数一多就大为可观。

剃头匠每月来一次。一年四季，记得夏天时光里剃头最好，这时有风，在麦场的杏树边上，烧锅，剃头。杏树林的一只布谷鸟在一边叫。

许多年来，我姥爷只让赵一刀剃头，认他一人的手艺。我让他剃过一次，剃得我龇牙咧嘴。我姥爷说，他这是"瓦碴剃头"。我以后再不敢坐上他那一方高腿剃头凳子。

思君令人老，岁月忽已晚。
此《古诗十九首》之句也。丁亥初，冯杰。

思君令人老
歲月忽已晚

此古詩十九
首之句也
丁亥初
馮傑

思君令人老
歲月忽已晚

此古詩十九
首之句也
丁亥初
馮傑

在乡村,剃头挑子里的那桶水永远浑如泥浆。

剃头匠是乡村一种文化含量不高的工种,好歹也是一门糊口手艺。这"二赵"里面,儿子赵半刀的理想是当空军,开飞机。老赵觉得他儿子终不是剃头的料,要另收徒弟了。

新徒弟是前街杨家门里三四个弟子。刚开始不敢让新弟子在客人头上试验,怕坏了自己积累五十年的名声。他别开生面,让诸弟子先在一颗青葫芦或大冬瓜上小心刮毛,半年后,开始操刀。

诗人写诗,这叫通感。二十年后我开始写诗,学普希金,学谢尔盖·亚历山德罗维奇·叶赛宁。"月亮,像一个金色的草帽。"

2010 年 9 月 15 日

铁器一般·花生饼

——围炉夜话之二

刘氏油坊里主要榨油,做花生饼。我姥爷说,那些榨油者赤身裸体,吃住在油坊,待在里面可以三天不出门,尿都撒在花生饼里。

北中原乡村的花生饼,和现在城市的花生饼是两个概念。

油坊刘做的花生饼锅盖一般大小,外形像海龟,显得笨拙,厚实,一个有十来斤重。

一天,一个乡下亲戚用一块蓝布包着,背在肩上,给我家送来一个花生饼。客人走后,我打开一看,还以为是一个小独轮车的车轮子。

花生饼,在我家是这一种吃法:

姥姥先用菜刀切成一块块,均匀地排在炉子边烤。花生饼一加热,弥漫香气,有时还吱吱作响。直到小饼块两面都烤得焦黄焦黄。

我每次上学都会带上两块,用于午间补饥。上课时舍不得吃,含在嘴里。

在不需要上学的雪天,姥姥开始给我们烤花生饼。我总结一个规律,只要天一下雪,一家人就可以在屋里"纸上谈饼"。

我二大爷咬一口烤焦的花生饼,对我二大娘开玩笑说:花生饼结实,打架时可以当铁器使用。

有一件事情,不能不记,那是一块1950年的花生饼:

饥馑年代,我们村里田野的草籽、榆树、村庄里的麸糠、花生皮都吃完了,到后来,观音土、骨头、羽毛、砖头、瓦片、橡檩、橡胶、熟铜、生铁、石碨、旧房,甚至一个个村子,也被一张张饥饿的大嘴咔嚓咔嚓嚼完了。

这一天,东头一家大人弄来一轮陈年的花生饼。家里的孩子觉得软和,就开始大嚼。吃了半块花生饼时,已是后半夜。后来喊渴,他娘没有经验,就端给他一瓢水喝。还渴,复瓢。花生饼遇水膨胀,看到薄薄肚皮里面的花生饼,在滚动。

听到"噗"的一声,肚子夜间就撑破了。

我二大爷讲的是一种"朴素辩证法"。

他有经验。他说:

吃过花生饼后,不能马上喝水,得停停。办大伙食堂那年,河南没有饿死的人,全是撑死的。肚皮露着青筋,像爬满大蚯蚓。

2012 年 11 月 12 日　客郑

說食畫

地支

无赖的莲蓬
窝窝
碗要扣起来才对

无赖的莲蓬

莲的家史显得档案烦琐，已接近现在官方人事档案。

根叫藕，茎叶叫荷，花未发叫菡萏，盛开以后叫芙蕖，果实叫莲，莲蓬壳叫莲房，莲子叫菂，菂中的一点青心叫薏……古人总有闲心，能耐心地把语言一层层地剥下去。直到让我看到语言的核。

闲，就是主人。

莲蓬更是一种道具。我少年时读宋词，读到辛弃疾"最喜小儿无赖，溪头卧剥莲蓬"的句子，方才知道古代的小无赖们都是手持一枝莲蓬出场的。不持手机。让人向往。

可是我又知道电影里，无赖一般都要戴墨镜，穿长衫，叼烟卷，要么额头再讨一贴膏药。持莲蓬干啥？雅痞？

后来我姥爷说：此无赖非彼无赖。这是说的儿童天真貌。

怪不得。剥莲蓬需要一种雅兴闲心，急躁，那就不如直接去大口喝莲子汤。

莲蓬在我们乡下是当闲吃的，当不得主食。它只与妇女儿童有关。后来有一天，一个聪明人动脑筋，将一束束莲蓬带到城里去，以为废物还可以卖上好价钱。果然。城里人除了吃，还插到花瓶里，用于局部抒情。

刚开始，莲蓬与雅痞有关。

莲蓬是一方夏天之巢。在乡村，它储藏着露水，风声，雨珠，方言，短暂的童年。

储藏着一个一个原色的故事。我不说，就看你是如何来素手剥开。

2008 年 6 月 19 日

夜风轻轻，记得那年月下，卧剥莲蓬。
壬辰秋，冯杰。

夜風輕，記得那
年月下臥剝蓮
蓮　壬辰秋　馮傑

窝窝

我从课本上学到一些知识，知道"窝窝"一般都与"万恶的旧社会"联系在一起。窝窝的颜色，与贫穷的色泽一样，发灰，发黑。在乡村口语里，二姥爷形容一个人命苦，拿出食物标杆，就说："这人是吃窝窝的命。"

等到村里迎来了新社会，我们也大吃窝窝。我姥姥、姥爷们都吃了一辈子窝窝。我父母继续吃。

乡村食单里，窝窝划分有点儿复杂，没有统一标准。我姥姥能详细分清。

高粱面用水烫，红得发紫的叫烫面窝窝。形如馒头，底上有窝状，发酵后又软又暄的叫发面窝窝。掺上豆面蒸出的，很薄很薄的窝窝，叫死面窝窝。这种窝窝风干后坚硬得能打死狗。玉米面蒸的叫黄窝窝。红薯面蒸的叫黑窝窝。两者结合的窝窝，叫杂面窝窝。有一年我去北京，在王府井一条小吃街尝鲜。北京人善言，会说话，人人舌头上都安弹簧会绕弯儿，他们说到"黄金塔"，我最后一看，就是我们村里的玉米面窝窝。

乡村有个歇后语，叫"窝窝翻个儿———显大眼了"。意思是说这人显摆，爱出风头露脸。那天，我可不敢如是来说首都人民。

我姥姥会创新窝窝内容，经常要掺上芫荽、葱花、姜末、脂油渣、盐，蒸出来的叫咸窝窝。蒸咸窝窝时左手托面团，右手先蘸凉水，她说这样就不沾手。然后把面团在手里掂动转圈，叫捏窝窝。

笼屉里的一锅黄窝窝，在 1968 年昏暗的灯光里，如一池黄灿灿的拥挤的雏鸡，如意象里的明日黄花。

记忆里，我周围的同学都是吃窝窝的，属"窝窝党"。每次上学，有的路上拿一个窝窝，边走边吃。因粗杂面太松散，就掉一路馍渣，后面往往会跟一条能坚持到底的瘦狗。

不钓江山只钓鱼（非姜子牙之钓法也），这是小玩家，而更小的玩家是纸上钓鱼，我在此列。岁次辛卯清明前客郑也。冯杰。

扁舟吾已具，把钓待秋风。此处借杜诗补白也。冯杰又记。

更耐心，执着。

穷人家的孩子都是吃窝窝长大的。在平常日子里，我姥姥倒是从容，经常安慰，放到现在就该是"语疗"。譬如她说："窝窝蘸酱，越吃越胖。"还有一条标准更高的："窝窝蘸辣椒，越吃越上膘。"

话语引导日子上升，一如乡风引导内心的走向。

我那时就想：天下没有吃过窝窝的富家孩子，他们天天白米鱼肉，肯定个个骨瘦如柴。我一直接受着这种政治语言的误导。因为当年有我姥姥两条谚语为证。它们像食物语录。

2011年3月17日

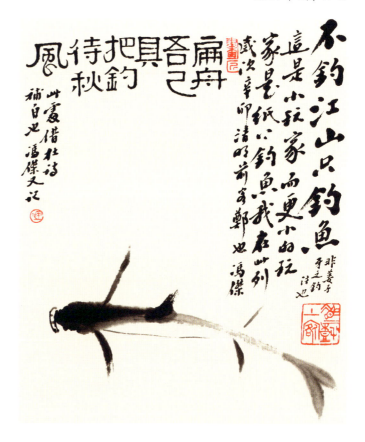

碗要扣起来才对

扣碗可谓贫朴日子里的一种小奢侈。

小酥肉、大酥肉、红烧肉都叫扣碗。我姥爷说，谁家富裕有法，就是天天吃扣碗。他说高平的村长有法，就被人叫"张扣碗"。

过去，我三姥娘一直以为毛主席他老人家在天安门上天天吃扁食和扣碗。说，要不他老人家咋一脸福相，吃得油光满面。

平时，在我家喝酒的酒盅、盘子属于细瓷，蒸肉碗则用粗瓷，半黑半白。

和扣碗配套的是腌芥菜，又叫雪里蕻。夹一筷子垫碗底，是为了吃肉时利口。最后在上面撒一捏花椒，几瓣茴香。

我母亲蒸的红烧肉好吃，重要的一个秘诀就是用蜂蜜烧，肉皮会发红好看。蒸时先把红烧肉切成半指宽的小块，摆齐，上锅。

节日里，和我姥姥到东庄走亲戚。坐定后，东庄的姥娘们就上来俩扣碗、一筐馒头，这是最后的一道"硬菜"。我筷子不停，吃得鼻子发晕，有些"肉醉"。一碗扣碗立马就吃完了，黑瓷见底，连雪里蕻也吃完。

我姥姥说，这蒸肉要先扣起来，翻到盘子里吃才对，要不咋叫扣碗？

这时，我才知道吃的方法不对。但是重新"复习"一遍也来不及了。走亲戚要懂礼貌。

2012年12月5日　鲁山下汤

説食畫
冯杰

西瓜翠衣是什么衣
咸菜谱
小磨油
西红柿捞面和称谓
馅说
虚谷案头的菜蔬
虚的一种·丝瓜瓤
戏台上的北中原佳肴

西瓜翠衣是什么衣

牙痛牙痛/痛上之痛/西瓜皮烧灰/敷患处牙缝。

——冯杰诗句《龋齿》

翠。这名字听起来好，语音干脆，实际是西瓜皮。有点儿像当下那些某种经不起推敲的伟大理论。

在孟岗小镇的夏天，西瓜上市。我家里不常买西瓜。其实是家中钱紧，我妈为了省钱。我妈说，夏天喝开水最好。我妈说，买西瓜吃，不如买菜瓜做饭炒菜实在。

日到午时，到营业所办公的人会买个西瓜请客，大家围着群吃。我二大爷教我吃西瓜的方法，说人多时，最好先由小块吃起，待吃了一轮之后，最后，拿一个大块，也叫后发制人。

西瓜宴上，也有轮不上我吃的时候，我就等别人把西瓜瓤啃完，把西瓜皮扔后，专门拾西瓜皮。我脸皮薄，看到四周没人时，我再带到厨屋。

在镇上，啃西瓜皮还有一个专用语，叫"遛西瓜皮"，或叫"遛二遍"。

我姐一向嫌弃这种行为，说别人的嘴巴啃过的，她从不吃。

吃是我的宗教。我没有食物立场，就啃西瓜皮。

我姥姥不慌不忙，把西瓜皮放上案板，用菜刀将上面那层红瓤片下，放到碗里，留给我吃。剩下的西瓜皮切丝，拌盐，凉调，或炒菜。一桌清香。

多年后，与西瓜皮有关的姥姥、母亲都不在了，我还做过一个梦：西瓜皮上面纵横着绿色的虎皮斑纹，上面山水起伏，回转蜿蜒，迷茫迷离。它们一道道延伸到北中原大地深处。

元人的西瓜
壬辰秋听荷草堂种字得瓜也。冯杰。

"恨无纤手削驼峰，醉嚼寒瓜一百同。
缕缕花衫粘唾碧，痕痕丹血掐肤红。
香浮笑语牙生水，凉入衣襟骨有风。
从此安心师老圃，青门何处向穷通。"
此元人句也，录以饰瓜。

西瓜翠衣，也就是西瓜皮，还有许多功能，我仅记下两则：

例一：一年夏天，我家的那头小牛患了口疮。我姥姥把西瓜皮炒焦研末，让我扳住牛嘴，撒在发炎处。两天后，好了。

例二：年轻时，我进京参加过一个自以为是的会议。回来后，多天还把那小红牌子挂在胸上。挺胸。

我二大爷看后，皱了一下眉："名人？你当年不是还啃过西瓜皮吗？"

我脸一红，以后就不好意思再翘尾巴了。

2012年11月15日　客郑

咸菜谱

家庭俭朴，我打小就得吃咸菜。吃了四十年，且必须还吃。

别人家怎么吃咸菜，我家就怎么吃咸菜。我觉得天下的中国人都要吃咸菜，没有觉得吃咸菜是一种特权。

我姐当年到长垣县一中上学时，每次返校都要带一尼龙网兜"窝窝"（我家对杂面粗粮馍的称呼），再带一大玻璃瓶咸菜，算一个月的伙食。有一次，我妈怕苦了我姐，就背着我爸把咸菜用油略略清炒一下，哪知这竟成了学校她班里最好的菜。闻香识咸菜，一屋同学涌来皆食。本来要小心翼翼吃一月的咸菜，不到一天就吃完了，吓得我姐下次再不敢让我妈炒菜了。

世上有一个咸菜规律，穷人家每一个孩子的童年，都有一部分是在咸菜缸里浸泡。

我眼界窄，没有看到外国人吃咸菜。八国联军都不吃。吃咸菜属国人专利。

在汉字古义里，与咸菜意思最近的一个字是"菹"。菹，是切碎的咸菜，近乎菜末。我最早就觉得宋代人文字里常出现这个长相不佳的字，穷秀才或当和尚的弱势群体常吃"菹"。似乎吃咸菜还有点儿古风。不知它竟还是代表俭朴的元素。韩愈《送穷文》有"朝菹暮盐"，条件是够低的。

在北中原乡间，我看到一位"民办教师"家里挂有他自己写的一幅小斗方。上书"菹盐自守"。我谦虚地问过，才知道是喻示要过清贫淡泊生活。就觉得意好。那时年轻，有热血。就耽误了进取。要不我现在肯定一日三餐要吃海参的。

后来听说，他妻子知道这四字是她男人一辈子也没转成"公办教师"的原因，女人梦想让丈夫当成公家人。女人

昆仑瓜
段成式《酉阳杂俎》说此为昆仑瓜。我们村语"领你走到茄子地"。此地尚为社会主义道路否，待考。辛卯冬客于郑，冯杰。

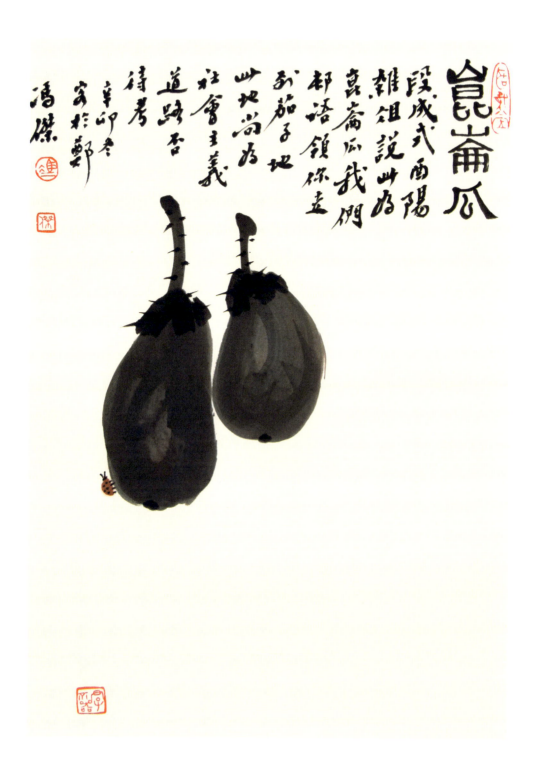

崑崙瓜

段成式酉陽
雜俎說此為
崑崙瓜我們
都語領你去
我茄子地
此地尚為
社會主義
道路否
待考
辛卯冬
宓於鄭
馮傑

目光浅，就把它撕下，一把烧了灶火。活该！

我去挂一幅这种咸菜风格的字，肯定有人说我作秀。但我记着上面这个"斋"字。它的形状像是一卷文章下面藏一把韭菜，永无出头之日的韭菜，埋没在菜坛里。

延吉朝鲜族的泡菜，四川的姜芽，保定的酱菜，童年地沟边的小洋姜，母亲的腌萝卜条、蒜薹、蒜茄子，父亲的泡韭花，姥爷的清水椒，被我姥姥一分为二或者为四为六的白菜根，它们都是乡村咸菜谱里的一员，都让我用牙齿一一读过，都曾经亲身经历且校勘。

一位养生学家告诉我：咸菜里有一种亚硝酸盐，常吃可以致癌。距我村一百里外的豫北林州，之所以是世界食管癌高发区，就与四季常吃咸菜有关。

我家乡穷，不吃咸菜能吃满汉全席？炒菜曾是一种乡村的奢侈。

如果一个政府永远领导着人民一直义无反顾地埋头吃咸菜，最后还要像我这样作秀留恋，造文讴歌，这个政府的领袖肯定是厨子出身，像我乡下的伙夫二舅。

因为他常说一句口头禅："天下最好的饭菜是糊涂就着咸菜。"

2010 年 11 月

小磨油

乡村食用油共有七种：豆油；棉籽油；花生油；菜籽油；葵花油；红花油；芝麻榨出的油，却不随着叫芝麻油，在我们村里而是叫"小磨油"。小磨油是乡村油系列里最贵重的一种。就像现在人群里冒出来的那些珠光宝气的特权贵族。油气熏熏。

刘记油坊，在村东大柳树下，专门磨芝麻香油。一匹毛驴戴着一副深沉的眼罩，在油坊里日夜走着。驴子不学无术，世界观狭隘，不知有汉，无论魏晋。两扇小石磨拉得呼呼响转。滤油的两方"油葫芦"一上一下颠簸。匆忙的驴腿蹚乱了一地月光。

我姥姥平时炒菜舍不得用芝麻油，只有调菜时才用。她是这样使用芝麻油的：用一根细筷子，探到瓶子里，蘸一下，取出来，再滴到菜上。一般蘸两三次。虽少，却是一屋的香气。顺风香十里。

我们姊妹几个认为：俺姥姥真够节省的。

哪知姥姥却说：有比咱家还会省油的。

就好奇地问：谁？她说：你三姥娘家。

我姥姥笑着解释：你三姥娘是把油瓶在菜盆上面一晃，就过去。

我信以为真，那一瓶小磨油岂不吃一辈子？

有一天，吃饭时我溜到胡同对门三姥娘家。看她调菜，是把油瓶子小心翼翼往外倒，是唯恐多倒。看那认真样子，我就趁她不备，从后面把油瓶猛地往上一推。只听香油"咕嘟"大叫一声，涌出来一大片。我急急逃走。那一盆了的香啊。

心疼得她在后面大骂我"小龟孙"。

三姥娘后来给我姥姥端去一小碗菜，笑着对我说："吃

想当年气吞万里如虎，看今
日尚被饭否？
拟稼轩词意也。今非昔比
耳。辛卯阳春客郑时戏记。
冯杰。

吧,香死你。"

饭后,姥姥说:你倒出的香油可够她全家吃仨月。

童年的习惯决定一个人一生,不好改变。有我姥姥做榜样,十岁以前,我调菜加香油都是用一根筷子来蘸。二十岁后才舍得大方倒油。现在看到油瓶,还想动筷子,想去触动那一缕童年往事。

我们村里还有一个词,叫"拖油瓶"。其实与油瓶无关,是一种乡村隐喻。指女人带着孩子改嫁,这一种孩子就叫拖来的"小油瓶"。

有一年,十里开外的赵庄,赵小枝的男人得食管癌死了(我们村叫噎食病,叫吃麦不吃秋)。她带一个孩子,嫁给村一个老光棍。那孩子开始经常和我们打架,块头大,有力气,一顿吃五个馍。我打不过他。大家就叫他"拖油瓶"。

这一招果然有效。招法里,便见那"小油瓶"就开始倾斜,摇晃,招架不住。

我姥姥后来知道,不让我这样骂人。说,这伤人心的,他家难,可不容易。

我说,那他把我按到地上啃泥就容易?

2011 年 3 月 9 日　客郑

西红柿捞面和称谓

对村里人来说，常吃不厌的一种食物，是中午那顿西红柿捞面。

我喜欢北中原的捞面。客居异地两天吃不上捞面，就心里发慌，抽筋一般。如恋爱期间收不到情书。我童年理想就是：将来能有一天登上天安门城楼，端一碗捞面大吃，猛加卤。遗憾至今捞面尚未成功。

有一年，我客旅广州，在一位南方友人前炫耀捞面的十三大好处。对方多不理解，称我"面晕"。我方知南方人有眼不识面，说不喜欢捞面的缘由，有一种吃不饱的感觉，就像我对吃米的印象一样。

一万条味蕾，只有一条记忆。我推断出每个人的食性结构都与童年接触的食物范围有关。大于方圆十里开外的都是老虎。

我姥姥做西红柿捞面时，按照顺序，先把鸡蛋炒好，搅成小碎块，加入切好的西红柿，熟后盛出，最后加黄瓜丝段，放在一边当卤。

开始煮面。手擀面条筋道，需大火煮三次方可捞出。中间必须点水，不然会溢出。姥姥的专业术语叫"滚三滚"。

捞面又分热面、凉面两种。后一种由我姥爷挑上水桶，从村东井里打来凉水，在盆里滤一遍，叫"过一水"。吃这种凉面必须加蒜汁。西红柿本身含酸，吃时一般稍微加醋。

西红柿更多适合生吃。在北中原，它还有另外一个名字，叫"洋柿"。"柿"的发音我们叫"哨"，以至听起来像是喊"洋哨"。

村里十字口摆两条青石，晚上我姥爷在那里讲"三国"，白天成一个公共饭场，是捞面的天地。一日三餐，吃饭时大家都端到饭场上来。

一轮红日升，
端碗临东风。
鸡蛋捞面条，
也入江山中。
壬辰秋补西红柿也。冯杰。

一輪紅日昇
端碗臨東風
雞蛋撈麵條
也下江山中

壬辰秋補
西紅柿也
馮傑

一天，众人都在埋首扣着一碗西红柿捞面，闷头吃。

五舅忽然问我二大爷：怪！

捞面就停在空中。

你说，这西红柿明明是咱中国老百姓种的，为啥偏要加个西方的"西"，叫西红柿？

二大爷见过世面，自然会礼贤下士：那你说该叫啥？

五舅道：应该叫"东红柿"或"东方红柿"。

大家没想到我这笨五舅竟还有这种知识头脑。停止吃面，都称赞。

村支书在那边端一碗西红柿捞面，反驳道："你这是尿话，那万一西红柿烂了呢？"

笑。又无语。这时，村里党支部屋脊上高架的广播里，在播放《东方红》歌曲。

大家连忙停止这场学术争论。闷下头，不吭声，继续吃西红柿捞面。

一个村的饭场里，数我姥姥做的西红柿捞面最筋道。

2011 年 3 月 13 日

馅说 （面皮下的终极哲理）

馒头在古代是有馅的，不像现在的实心。饼在古代是无馅的，譬如武大郎的炊饼，就是馒头。

关于馒头和馅，这里包有一些哲理。

浚县和我们滑县相邻，有座大伾山。我村的会首每年要轮流来当。会首要赶着马车，带领全村信徒去朝山进香，回来每人都带一捧泥玩，叫泥泥狗。出泥泥狗的浚县在唐代出了一个诗人王梵志，中国第一位口语诗人，比冯杰写口语诗早。

王梵志有一《城外土馒头》的诗："城外土馒头，馅草在城里。一人吃一个，莫嫌没滋味。"他在口语里是那样不动声色。

后来范成大有诗："纵有千年铁门限，终须一个土馒头。"他没有说里面的馅，直接就进入土馒头了，说得更是绝对彻底。范先生不是口语诗人。

会首返回时，从浚县到滑县，路边村里的孩子杀出，往往起哄："大会首，二会首，给我一个泥泥狗。"

坐马车的会首会心一笑，自然要抛撒几个。

也有吝啬不抛撒的会首。路边的孩子会这样喊："不给泥泥狗，死你个大会首。"

这些也是口语。

2012 年 12 月

虚谷案头的菜蔬

（从文秘诀：我文字的转化来源于陈洪绶、虚谷的绘画意象）

求菜于田中，得诗于书外。
壬辰秋雨里。冯杰。

虚谷是一个我欣赏的画家，主要原因是在他作品中，繁华中透出冷寂。

虚谷原籍皖南歙县。有一年我同友人去歙县作江南游，白墙黑瓦，地图上没找到虚谷故居，就顺道捎带了另一画家，去了潭渡村黄宾虹故居。黄宾虹的一个堂侄坐在美人靠上，还讲到虚谷。

暮色里，故居就游客两人。

那年，皖南的芭蕉真肥。

虚谷年轻时有火气，与太平军打仗，后来不愿再打了，幡然领悟，干脆剃头，出家，为僧，相当于现在逃兵役。披缁入山。做了和尚，却又不礼佛号，不茹素，不礼拜。拿长枪的手换成一管狼毫，书画自娱，几近闲云野鹤。腕下的山水，花卉，蔬果，禽鱼，一片迷离。落笔冷峻，蹊径别开。

原来，当和尚也可以找到一个借口。

虚谷其性孤峭，非相知深者未易得其片楮也。传世作品自然不多，不足三百幅。伪作数量如今大于真迹，以至拍卖行里的虚谷越拍越多，越来"越虚"。

我喜欢虚谷的枇杷、西瓜、松鼠、秃尾巴金鱼小品。虚谷的书法写得"冷"。少年时我花八分钱买了一张虚谷的松鹤印刷品，贴在枕头边。那只鹤孤零零立在墙上。缩脖。

我比较过，虚谷与八大不同：虚谷的苍凉是着了颜色的苍凉，属华丽苍凉；八大的是原墨，那苍凉不着色。

虚谷与八大略有近似。八大的鱼眼是方的，白眼朝天。虚谷的鱼眼也是方的，后来干脆身子也是方的。鱼们在他故乡出产的宣纸上叹息一阵，那是面色苍白的宣纸。然后，逆流而行。

2008年7月8日

虚的一种·丝瓜瓤

在我家里，种丝瓜首先是为了吃菜，常做的是丝瓜炒辣椒。红加绿。或绿加绿。

其次，我用丝瓜花来喂蝈蝈（我们村里称油子）。遗忘的老丝瓜条，高挂树上，像前朝闲置不用的老臣，身子碰着树干，在风中空虚地响着。

冬天来临，母亲会让我用竿子请下来，拍打出里面的黑籽，只使用丝瓜瓤，用来刷锅。

基于这种炊具用处，故，在村里每家窗棂上，都会挂有几颗老干丝瓜，它们一一在无聊地摇晃。

另外，还有一个妙处，我一般是秘而不宣，用丝瓜瓤画画。捆扎好后，蘸颜料，来制作石头之上的点点青苔。

展画时，有人以为我鬼斧神工。其实只是雕虫小技。对待艺术，我一直坚信"道大于技"。用丝瓜瓤的不是好画家。

丝瓜瓤刷锅实用，也最科学，它干净、环保，且手感好。如果放到现在来总结，这也是科学发展观的实践理论之一。

2012 年 12 月 1 日

線條与圓

田園裡的童話之一

丙戌末 馮傑記事

线条与圆
田园里的童话之一。丙戌末。
冯杰记事。

我家一个堂兄在滑县大平调豫剧团拉二胡，拉了一辈子。改革大潮来临，剧团效益不景气，后来解散。他带着一把二胡孤身回来，身子瘦得像二胡上的一丝弦声，秋风一吹，似乎就断。

他二胡拉得好，行云流水，如泣如诉。拉时闭眼，头且悠然。

和他喝酒，喝到兴致，他忽然说，我给你唱几段梆子新腔吧。梆子还有旧腔新腔？有，你且听。他把一大盅滑县的"状元红"烧酒饮下，抹了一下嘴，开始给我唱河南梆子。

头一个河南梆子是《关公辞曹》，曹操唱：

在曹营我待你哪样不好？
顿顿饭四个碟两个火烧。
绿豆面拌疙瘩你嫌不好，
厨房里忙坏了你曹大嫂！

唱完，我堂兄说，火烧要数滑县牛屯的最好，脂油大，咬一口流油。那一年去牛屯演出，下场后连吃了六个火烧。还不过瘾。

我说，接着唱，接着唱，先别说火烧。

第二个河南梆子也是《关公辞曹》，唱词略有不同。

尊一声关贤弟请你听了：
在许昌俺待你哪点儿不好？
顿顿饭有牛肉火烧，
鸡蛋捞面你嫌俗套，
灶火里忙坏了你曹大嫂，

下朝图
谚有"落地凤凰不如鸡",今方知老臣
下朝不如鸡。
己丑年初春于听荷草堂并记之,冯杰。

摊煎饼调秦椒香油来拌，

还给你包了些羊肉菜包，

芝麻叶杂面条顿顿都有，

又蒸了一锅榆钱菜把蒜汁来浇……

我堂兄说，这是在南阳演出唱的版本，南阳人爱吃芝麻叶面条，豫北就不吃。芝麻叶涩，要会"沤"。

我堂兄看我投入，紧接着又唱了第三个版本。

曹孟德在马上一声大叫，

关二弟听我说你且慢逃。

在许都我待你哪点儿不好，

顿顿饭包饺子又炸油条。

你曹大嫂亲自下厨烧锅燎灶，

大冷天只忙得热汗不消。

白面馍夹肉片你吃腻了，

又给你蒸一锅马齿苋菜包。

搬来蒜臼还把蒜汁捣，

萝卜丝拌香油调了一瓢。

我对你一片心苍天可表，

有半点孬主意我是屌毛！

弦声一断，一口酒我就喝呛了。

我觉得这三段唱词都句句入口，与中原佳肴有关，大概一算，且出现了十六道菜，我就记录下来存目。

2011 年 8 月　滑县

說食畫

馮傑

地支

洋柿
芫荽、臭虫的嫌疑
夜食
盐事三帖
由吁到芋
院里飘满海带
忆苦饭
以香计时

洋柿

我们乡下人囿于一方之地,眼界有限,思想守旧,更没有见过外面大千世界,大凡稀罕之物,必先称之为"洋"。

常用物品如果叫"洋",是特定历史条件下形成的称呼。背景是贫穷,落后。现在还依然这样称呼。我记得的如:

洋烟(烟卷)、洋糖、洋火(火柴)、洋车(自行车)、洋油(煤油)、洋钉(铁钉)、洋蜡、洋布(纱厂布,相对农村土布而言)、洋镐(铁镐)、洋锨(尖头锨)、洋灰(水泥)、洋房、洋面(面粉厂里出的面)、洋袜、洋枪、洋炮、羊毛巾、洋油桶、洋瓷盆……自然,还有洋鬼子……

西红柿,我们也该顺理成章叫洋柿。

我十岁左右时,才初次吃过"洋柿"。

有一天,父亲递给我一颗红红的番茄,说这是"洋柿",是亲戚从新乡城里捎来的,全家都要分开尝尝。那时我还没见过这样大的洋果子,好奇地张大嘴巴。珍惜,就不敢大口去吃。

味道怪,怪得一时出乎意料,像上学考试时一篇跑题的作文。不过还好,结尾还能收拢住。最后我接受了那种味道,默认那种气味,保持到今天。

那时我看到西红柿内部藏着一池"红色池塘"。像后来看到的印象派的画,像一个乡村鲜嫩蛋黄般的黎明,被谁忽然一刀切开。就是这种新鲜感觉。

父亲说:把籽留下,明年种一下试试吧。

为了好收留储藏,我就把那番茄籽小心翼翼地吐在一张芭蕉扇面上,放在窗台晾干。单等着明年下种。

番茄籽如一粒粒金色的鱼卵,在扇面上仿佛能游动。扇面依稀皱起来水波。

故乡物语
丁亥初夏之时客郑,冯杰。

故鄉物語
丁亥初夏之時
客鄭馮傑

扇子一合，番茄籽粘在上面，像是皱起一扇面泼剌之声。

据说，最早的时候，番茄戴着红帽子，来到欧洲大陆，曾被视为一种危险之物，称"有剧毒"。现在我知道，这种想法与见解也是对的。番茄来到北中原，以我的经历和承受能力而言，我就知道起码从内心深处，番茄足可致人之命。

因为到现在，西红柿年年都吃，父亲早已不在了。

无端想起窗台上，那一蕉扇晒干又要游走的米黄色的番茄籽。

芫荽,臭虫的嫌疑

《异味志》片段

天下文章有从天籁来,有从人巧得者,不可执一以求也。

壬辰年得数年前一画,上有一虫,为之补字。冯杰。

我有一个同事,是敝县范围十平方公里之内的著名美食家,"打死也不吃芫荽"是他的一句座右铭。说吃芫荽,有如吃臭虫的一种味道。

我说,你遗憾大发了,就像一个现代先锋诗人没有读过张岱的文章,一生不知人间文章之鲜。好文章是能调吃的。

一个人一辈子不能没有一点儿染身的小艳史。没有,那你就白喝了四十年清心寡欲的淡汤。毫无味精。

他忽然举例:"美食家汪曾祺同样不喜欢吃芫荽,也说有臭虫味。"

日怪?莫非天下美食家鼻子都是相通的?非得我用筷子轻轻捅一下?你焉能和汪曾祺比?

在北中原植物民俗里,芫荽是"情色之菜",像书架上谁摆放上的半卷《肉蒲团》。北中原乡下有个秘而不宣的说法:种芫荽时最好是夫妇二人,边走边撒,以说秽话为佳,越荤越好,来年芫荽方可茂盛,有上好的收成。芫荽有耳,且是小耳朵,专听情色之音。真是有心之菜啊!

这是乡村秘笈。(编这种传说者真有才,适合当业余作家。)

我在院子里种过芫荽,那一年果然歉收,好在到来年冬天才看到这一典故,算找到主要原因。可能我当时撒种时腋下夹本《圣经》。它们句子干净,水洗了一样。且内容与信仰有关。我下次肯定会带全卷十册未删节《金瓶梅》,再佐以故乡的"桑间濮上"之词。

芫荽有消融化解膻、腥、腻的功能。放芫荽就像在军队连部里安置了一位指导员,专门做政治思想工作,就是干扰你。你喝羊肉汤时不放芫荽,是极大缺陷,犯了植物美学错误。说严重些,是当了元帅还光腚行走,未授衔挂章,差了

248 _说食画

天下文章有从天籁
来有从人巧得者不可
执一以求也 壬辰丰泗数年
前一画上有一蟲如元
辅宇 冯杰

最重要一项。

天下何事最大？不是上帝，是眼前桌上那一碗放芫荽的羊肉汤最大。

芫荽不是一年四季都坚持得味好，以冬天里的芫荽最佳，一种贴地皮生长的味道上好，我们叫"铺地棵"。若长高起莛或到盛夏，讲究者肯定要拒绝芫荽，以便避开有与臭虫为伍之嫌疑。一如上面我的那位美食家之友。

这做法是对的，像瓜田李下提鞋脱帽一样。在芫荽田行走，必须避人说有臭虫之嫌。尤其大家都在冠冕堂皇开一个所谓庄重的代表大会之时，你从芫荽田里忽然归来，忽然闯入。

2009 年 9 月 18 日

夜食

我爸经常说：马不吃夜草不肥。

有一年回老家，来到我姥爷喂料的马厩，里面果然是盛着一屋子牙齿咯嘣咯嘣的声音。响了满满一夜。马眼闪着亮光，像泪水。马都在谈论着夜食。

终于有一年春夜，我也第一次吃到了夜食。

是我记忆里最白的一次夜食。

那些年，中苏两国关系紧张，我爸说，赫鲁晓夫要向中国催粮了，恐怕要打仗。我家门口小胡同里都开始挖一条条防空洞。

道路上部队经常走过，部队是野外拉练。

我家住的孟岗小镇，东面临一道黄河大堤，不论白天黑夜，上面会经常穿过兵车、炮队、马队，最后是步兵。有的士兵头上还戴着柳枝编的草帽。部队走完了，遗留下的马粪散着热气，让人一时想烤手。

这一天，又是部队拉练。我家已吃过晚饭，我就要睡觉。门敲响，来到我家三个解放军，他们走起路来腿一瘸一瘸，是拉练时赶路走的。三个兵背后挎着脸盆、毛巾、茶缸，丁零咣啷地响，竟还有一杆步枪。我还大胆伸手摸了一下。他们是异乡的口音，要借我家的锅做饭。

我母亲急忙把锅又刷一遍，又抱来一捆柴火。

我靠在门框外，看灶火映红那些解放军的面庞，是小兵嘛，也就十七八岁的兵蛋子。

他们大概不会理灶，一时弄得厨屋乌烟瘴气，大家都一齐忍不住咳嗽。

饭总算做好了。蒸的是冒尖的一锅大米，他们的电灯光一照，光柱散到米里，白花花的。在我家里，我妈从来不

蛙说
自从有了那句俗语以来，蛤蟆就从来没有吃过天鹅肉，倒是更多让人吃掉。丙戌末，冯杰并记。

蛙說

自從有了那句俗語以來、蛤蟆就從未没有吃過天鵝肉、倒是更多讓人喫掉

丙戌末馮傑并記

会如此奢侈使用大米,顶多烧稀饭时往锅里抓一把,象征性的,那些米汤稀得能映人影。我姥姥说,稀得像鹅尿。

眼前锅里竟全是干米饭。如果做稀饭,至少够我家吃俩月。大米上面还放着一片片咸白萝卜片。白上加白。米香飘满厨屋,垂落门框。我咽下一口唾沫。

他们就要开饭了。

我在小门框外又咽下一口唾沫。

忽然,这时候街道外面响起嘹亮的集合号声。

见那三个小兵,饭也顾不上吃了,放下筷子,急急往外面跑去。携带零乱的响声。

我那时不敢相信,眼前,他们真的会丢下一大锅白花花的大米?

2012 年 11 月 14 日　客郑

盐事三帖

盐务大臣的驼队在七百里以外的海湄走着。

——痖弦诗句《盐》

我经历过三次最有印象的盐事。

一

头一件盐事是两个,其实按性质可以合成一件。

一、在乡村小学上学,课文里说当年红军被困,吃盐困难。人民群众就装在竹竿里运送,支持革命。后来反革命设卡查哨,围困革命。一个狡猾的反动派用刀子砍开,哗的一声,流出来的都是盐。

二、河北当年有一个贫苦人家的女儿,被地主催债逼逃到深山,在深山里数年吃不上盐,头发都变白了,成了一位传奇的白毛女。

头发变白是万恶的旧社会造成的。无盐。

二

到了1988年那年,北中原县城刮起抢购风,有人买自行车,买成捆的布匹,有搬酱油的,有买醋的。

那一年我24岁,意气风发,正当盛年。我跟随着父亲,父亲揣着为数不多的票子,捭着一条空荡荡的辽阔的布袋,在大街上毫无目的地盲逛,最后只好到盐业局买回一百斤大黑盐扛回家。回家没地方放,就装到大瓮里。

父亲说,这是海盐。母亲笑着有点儿埋怨。

说食画_ **253**

我说，邻居家还有买了一百箱火柴，十箱陈醋，十台电风扇的。

后来邻居问我，要吗？

我说，我家已有了四台，你们就全部打开一起转吧，一个夏天都是凉的。

<h2 style="text-align:center">三</h2>

2011年，日本地震了。我要捐款，一位同乡的门卫大爷制止说，震死他们个狗日的，这叫报应，当年在咱县小渠村，日本一天就杀了咱六七百口人。

我想起我姥爷的后背就被一把东洋刀劈过。棉花翻飞。

家里人从小县城打来电话，说你在郑州赶快开车拉来一百斤盐吧。要盐干啥？家里说，长垣县城把盐都抢疯了。日本核电站爆炸对人体有影响，多买些食盐，可在关键时候用来防辐射。山东往东的海水都被日本放射污染了，中国没法再提炼盐了，食盐一旦库存不足就会引起涨价。

我就问门卫大爷，会吗？见多识广的门卫大爷说，以我过去五十年的经验来看，这有可能。

回家后，我果然看到书房里摆上一百斤上好的食盐。在腌制曹雪芹，腌制托尔斯泰。

以后的日子里，全家开始腌鸡蛋，腌鹅蛋，腌鸭蛋，腌鹌鹑蛋。该用的都用过了，想不到再腌制何蛋了，眼前还有白花花的食盐。

书房有一张八尺画案，就想到画画。在纸上先撒一层盐水，然后再泼墨，纸上就有一种烟雨迷茫的意境，觉得画面出现一种想不到的深刻思想。我题上"大雨落幽燕"以壮声威。

　　这是小时候父亲教我背诵的毛主席诗句。那时不知道盐的这种功能。

2012 年 11 月 27 日　客郑

由吁到芋

在我们北中原殷墟出土的甲骨文里，你就是把全部的龟片翻个底朝天，也找不到这个小小的"芋"字。文字比它本身走来得要更晚一些。

我开始把它的来历想象成一出乡村传奇：

最早，是在很远的一天，我们北中原的先民在田野或荒无人烟之地苦旅，忽然，看到了那种未曾见过的大叶子，于是，发出惊叹的语气助词——"吁！"

再于是，这种植物就开始叫"芋"了。这就是它的来历。

当然，还得给汉字戴上一顶遮雨的草帽。中国汉字有个规律：凡带草字头的，都是绿颜色的汉字，能发芽的汉字，能种下的汉字。

这是我赋予了这种植物诞生记的小引子，自然是经不起推敲的。我只不过是想用文字把它打扮一下，好让芋穿着一片片大绿叶子出场而已。

芋因充满乡土情怀而可入画。我是先看到齐白石画的芋叶，其后，才看到真芋的。在一枚小小的邮票上，那芋的肥大枝叶几乎延伸到方寸之外了。滴下的露水，正在深浅分明的墨叶上流淌。一边，还有两只歌唱秋风的蟋蟀。这些与齐白石有关。

初春，母亲常常会在集市上买些小芋头，大的煮熟，让我们蘸着小碟子里的白糖吃。小的也不丢，留下来。我看到一小筐里放着一堆小芋头，个个顶着绿芽。原来母亲要种。

芋头开始在院子里发芽，抽枝时还要随着培土。等到长大时，芋的风姿有点像陆地上生长的荷叶。大叶子在晚风中缓缓摇曳。有串门的人也"吁——"：

"你们怎么种了一院子藕啊？"

中国的芋头可能要数广西荔浦芋最大，最好，肥硕。据

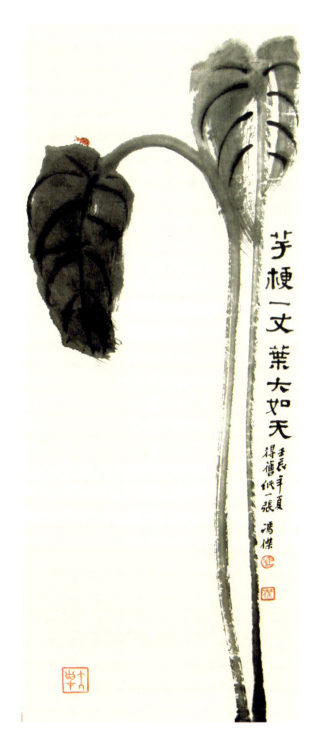

芋梗一丈叶大如天。
壬辰年夏得旧纸一张,冯杰。

说过去都是"贡品"。母亲在世时,我们全家坐在一起,看过那个关于刘墉的喜剧,荔浦芋头作为角色在里面出场过。那时,曾有黄昏里开心的笑声啊。

有一年,我随一个旅行团到过荔浦,专门在一个小火炉前买过一个,双手捧着,边上车边吃。干,面,掉粒,惹得一车人看我的贪相。别人告诉我,桂林那边也有卖的。

等到在桂林回中原,临上车时,想给母亲买个带回去,却怎么也见不到芋头那毛乎乎的影子了。

后来冬天,在北中原的小镇菜市场上,见到了这种荔浦芋头,是从南方运来的。我毫不犹豫地买了两个,让母亲尝尝。

母亲嫌太贵。

"不贵,芋头都是坐火车来的,那么远。"

母亲还用刀片削下几块,说留下来种种。她以为还会像过去在集市上买的乡土小芋头呢,一个个都听她的话。

来年,荔浦芋沉默,没有发一芽。

2006 年 5 月 15 日

院里飘满海带

父亲对我说，海带含碘，常吃就不会得一种大头病。

我看到过学校宣传画上的大头病，上面的孩子像顶着一座岌岌可危的山峰。

春节前几天，父亲会从集上供销社里买回一捆掉盐沙的干海带，洗去残叶、沙子、石子，先在锅里烧水煮一遍，便于下次吃海带时直接切丝入碗。

父亲耐心洗海带，我蹲在一边打下手。打水，或挂海带。宽厚的海带，像北中原田野里宽硕的玉米叶子，勾起我最早对大海的向往。在北中原，我一直没有见过一片真海，以为大海深处有一种海带树，海带是这种树上萌发的叶子。

院子扯一条晒被子的铁丝，父亲擦去淡锈，挂满一条条海带，晾晒的海带上透着盐迹。夜间，海带让寒风一吹，一条条冻得硬邦邦的。

有一次煮好海带时，父亲把一截海带蒂掐下来，让我吃。

脆脆的，筋道耐嚼，还有一种独特的海腥气。我以后每次从晾晒的海带下面穿过，就顺手撕下一片来吃。

晒干的海带比煮熟的海带缩小一半，晒薄的海带像"海带纸"。父亲用一条绳子捆起来，怕受潮，就装在白塑料袋里。吃前取时，干海带哗啦哗啦响。

家里常做的一种熬菜是海带炖白菜，啥作料都不要，两者都是清一色的分明，直到煮"面"。吃时浇上我姥姥淋的清醋。这种熬菜风味独到，我在饭店从来没有吃到过。

在普通人家的家庭菜谱里，海带一直穿行，它一定纠结着许多人家的记忆。像那些紧紧抓着时间的海带扣，系着旧事。

壬辰秋风来,为之一记。冯杰。

现在,该我来洗海带。我没有耐心,总觉得父亲在小院里,坐一方马扎上,顶着寒风。父亲有耐心,一条一条在摩挲海带。那一道横穿小院的粗铁丝上透出一层苔藓般的黑铁锈。

2012 年 11 月 16 日　客郑

另补:海带扣的打法

一条海带剪成数条条状,拧过来,每条上打十余个小结,尽量等距离,最后再一一剪掉,中间成了小绿扣,这就是海带扣子。想想,还有一点儿像古人的结绳记事。不同的是,海带上面拒绝历史和猛犸,海带必须剪断情节。打海带扣子的目的是为了讨好味蕾。我认为主要为了筷子好切。

世上没人来如此记下海带扣的打法了。

因为热闹,他们细处遗忘。

2012 年 12 月 12 日　郑州

忆苦饭

这是一个特殊年代的特殊名词。我必须来注释,如何来"忆苦",如何来"饭"?

四岁那年秋天,一个中午,记忆里的天气阴晴模糊不清。我母亲说,公社要吃"忆苦饭",还免票。

父亲就领我到对过的孟岗人民公社,要吃"忆苦饭"。天下竟有一顿免费的午餐。

我是一匹小饕餮,只要听到有吃,舌头都会兴奋。哪怕是吃凳子。

穿过四五排低矮的蓝瓦屋,来到公社最南端的大伙房。人多,人头多于碗口。一座小镇上,各单位机关"干部"都动员来了。虽说是一顿吃,更多是一项政治教育活动。心大于嘴,革命大于肚。

伙房里一共两个伙夫:老孟、老韩。父亲都认识。老孟肥头大耳,面有佛相。老韩细瘦,一脸和蔼,他另外给我一份"忆苦饭",一边赞叹我优秀:"小孩子也来吃忆苦饭,觉悟真高。"一双瘦手拍我。

吃"忆苦饭"前有人念口号"不忘阶级苦,牢记血泪仇"。之后,大家才开始放心吃饭。

"忆苦饭"是每人端一碗漂两片菜叶的稀汤,领两个红薯叶拌麸糠蒸的菜团子,叫"菜窝窝",捧到手里就零散。竹棚下,蹲坐两排大人,大家低头,都吃"忆苦饭"。像两排黑压压的乌鸦。

有人现身说法。说虽是一个菜窝窝,在旧社会,穷人连这也吃不上,地主老财剥削,穷人牛马不如。

我问旧社会是哪一年,父亲说,是解放前,1949年以前,1949年以后就不是"旧社会"了,叫"解放后"。

老师后来上课时讲,吃"忆苦饭"是为了不忘本,牢记

"枯鱼过河泣,何时悔复及。作书与鲂鲊,相教慎出入。"
汉代的鱼打来电话,告诉我们防人之心不可无。丙戌年末,冯杰。

枯魚過河泣何時悔
復及作書與魴鱮
相教慎出入

漢代的魚打来電話
告訴家們防人之心不
可無 丙戌年末馮傑

"解放前"我们遭受的苦难,满足社会主义的幸福生活,增强对党的感恩思想。

后来知道,我那次吃得不正规。正规的"忆苦饭"比我们吃得要规范,吃前必须有人唱一曲《忆苦歌》:"天上布满星,月牙亮晶晶,生产队里开大会,诉苦把冤啊申……"

县城里的红卫兵也吃,有时会往米饭里故意掺上沙子,让那些出身剥削阶级的老师吃,要他们尝尝旧社会穷人吃的苦。这种掺沙子的饭也叫"忆苦饭"。

2009年秋天,我到台湾参加梁实秋文学奖颁奖。在台北,两岸诗人一桌吃饭,喝金门高粱酒,说起1949年这一个分水岭。放下酒杯,墙上四壁挂着酒香。

一位和我同龄的诗人说:"那时,我们读到的书上,把你说的解放后却叫'沦陷后'。"

2011年6月5日　端午前

以香计时

（关于灶台上的一种乡村时间）

灶台上的时间，过多和过少的时间都是不好的时间：超时，会使菜炒老；时间不够，则会夹生。

做饭掌握灶台上的时间，我姥姥首先是凭经验，看锅盖上面聚的蒸汽状来断定馍熟的程度，有点近似风水师观天气。其次是燃一炷细香计时。

平时蒸馍，我看到更多是燃一棵细细的白麻秆。她先用指甲在麻秆上掐个印痕，插在墙缝里，让我盯紧，说，燃到这里就喊一声。

白麻秆是一种我姥爷日常点烟的燃具，节省火柴，耐用。我多是用燃过的白麻秆头在胡同墙上写字。青砖黑字。写"某某是大狗蛋"。在同学里，我识字最多，会合理组合詈骂词语。

一棵白麻秆燃到一定程度，止住风箱。姥姥不烧锅了，抽火。说："起馍。"

于是就起馍，姥姥手上还要一边蘸水。

灶台时间不比钟表师，也有微小失误，譬如某一棵麻秆受潮度的影响，会有乡村不真实的时间出现。锅被烧干，铁锅干咳，发出焦煳味。这种情况很少发生。

姥爷说，当年明福寺里的小和尚出家，在头顶点几个黑点标记，没有檀香，就用麻秆。

我紧着就问一句："疼不？"

我对乡村时间最早的概念就来源于灶台上的一棵白麻秆。时间会使馍熟，也会使人苍老，还会使长辈亲人　离你而去。一棵麻秆，暗火走动，时间一点儿一点儿向上，像我后来画画时墨色在宣纸上独自前行。时间显得有形无声。

2012 年 12 月 9 日　客郑

猶恐星墜驚夢醒不敢
獨擎長夜燈試問能燒
幾斤愁門外空枝正連風

甲午歲末客鄭夜暮來臨窗外有鞭炮之聲四起以斤兩論鄉愁故也補白四句也

我家罩燈臺座是綠玻璃的罩是白玻璃的燈捻放大時一個屋子都是亮堂的記得父親閒時常用棉紗布擦拭燈罩那盞燈如今消失在星空深處甲午年十二月廿三小年于鄭州為客也憶舊物馮傑

犹恐星坠惊梦醒，不敢独擎长夜灯。
试问能烧几斤愁？门外空枝正连风。
甲午岁末客郑，夜幕来临窗外，有鞭炮之声
四起，以斤两论乡愁也，故补白四句也。

我家罩灯，台座是绿玻璃的，罩是白玻璃的，
灯捻放大时，一个屋子都是亮堂的。
记得父亲闲时常用棉纱布擦拭灯罩。
那盏灯如今消失在星空深处。
甲午年十二月廿三小年于郑州为客也，忆旧
物。冯杰。

說食畫
冯杰

地支

灶火
脂油
脂油渣
蒸馒头的酵母
中秋节吃啥好

灶火

灶台下面的锅灶就叫灶火。

灶火是一种家园的象征，有人间烟火气。属草木元素。却是土生金，金克木。一进乡村，我能分辨出炊烟的味道。城市就与炊烟无关。城市只有排气量、含氧量。

你如今看不到灶火。它被天然气灶、液化气灶、电炉子这些现代化灶具替代。灶火必须有柴草、风箱、锅台这些道具相配，才叫灶火。还必须上贴一滑县木版灶王爷像。村里说，一个人冒失就是"横柴入灶"。现在冒失人只有一气之下抱一罐天然气闯政府大楼，抱一捆柴草半道肯定要熄灭。禅宗公案里，"以灶火烧香"，还是一种不敬之举。止住。

把灶前的柴草不小心烧着，叫"连灶"，这是烧锅失败的象征，有点儿像我姥爷讲《三国》里曹操被烧的"连环船"。在乡村，我多次"连灶"过。

少年时代写诗，有"把夕阳和落霞填到灶里"的句子，现在看，全是文艺腔。

乡村的灶火能上升到庄重地位，譬如祭灶。

祭灶就是村子里必行的一个习俗。赵钱孙李，家家都有属于自己的灶王爷。我姥爷称这尊神为"灶君司命"，专门负责管理我家的灶火。灶王龛就设在灶房北墙上，挖个小单间，中间供上灶王爷的神像。有时把神像直接贴在墙上。神像有画灶王爷一人，有时男女两人并肩，女神被称为"灶王奶奶"。两旁贴上对联"上天言好事，下界保平安"。

村里有一首村谣，是恭维灶王爷的，诗风带有行贿性质，不是主旋律：

"腊月二十三祭灶王，白酒细纸供白糖。杆草香料喂饱马，夜起五更上天堂。"有我姥爷的诗为证。这明细礼表有

寒夜客來茶當酒

诗人本来家贫，就只好弄出来君子之交淡如水的境界呀！

寒夜客来茶当酒
诗人本来家贫，就只好弄出来君子之
交淡如水的境界呀！
丁亥初春雨后冯杰烹茶一壶待客也。

丁亥初春雨后冯杰烹茶一壶待客也。

限，礼轻情谊重，不像现在有的贪官，动辄千万、上亿，越过美国、加拿大，再来见中国灶王爷。

国家的生机是由无数灶台组成的，每一个朝代都有属于自己吐出的灶火。宋朝著名的一把灶火是苏东坡的，在《寒食雨二首》里，他执手点燃，"空庖煮寒菜，破灶烧湿苇"。

湿柴细火。

灶火里柴草熏人眼睛，忍不住流泪。那几多旧日的灶火，映照着我外祖母清瘦的面庞。熏得她也落泪。照片里，我也落泪。

2011 年 7 月

脂油

脂油又叫大油。只有猪油,动物油,在乡村才有资格叫脂油。豆油、花生油,暂时没有这个脑满肠肥的模样。它们只能列入"小油"的范围(不过乡村尚无此一说)。

童年时,我跟父亲熬过脂油。得有耐心,主要是等着吃熬后的油渣。

熬脂油的方法是这样的:先将肥肉切成一个个小方锭,拇指肚大小,洗净下锅,开始熬油。铁锅敞开刺刺啦啦的一副油嗓子,仿佛脂油在喊疼。完毕后,滗到油罐子里。最后的油渣舍不得扔,让我夹在馍里吃。

冬天的脂油像现在的雪糕。这个比喻现在是不通用的。现在谈起大油大肉,令人色变,当代的富人与成功人士们在躲着肥肉走。减肥已是一种时尚与流行。似乎一个女人能否征服世界,全靠的是腰围。肥肉与脂肪联成的同盟军,一时成了美的敌人。

时光倒流,我小时候却知道,在我生活的小镇上,能经常使用脂油的是一种"身份优越"的象征。那时,脂油并不是人人都能享用的。"看看,某某家经常吃脂油。"是一种令人羡慕的口气。

有一次,在小镇上,一只平民的狗像鲁智深一样"口中淡出鸟来",一天半夜跑到乡村干部家里,大开荤戒,偷喝了一大罐脂油,连拉出的狗屎都是脂油。第二天,被人寻着油迹撵到家,主人赔了一罐脂油才算了事。

过后,骂狗:"狗日的,脂油是你吃的吗?你也有资格吗?"

现在想起来,那时就有一种优越人士参加组成的"脂油党"。其中李书记的夫人就是常吃脂油的人,她镶着一颗金

骂鸭

民某,盗邻鸭烹之。至夜,觉肤痒。天明视之,茸生鸭毛,触之则痛。大惧,无术可医。夜梦一人告之:"汝病乃天罚。须得失者骂,毛乃可落也。"邻翁素雅量,未尝征于声色。民语:"鸭乃某所盗。彼甚畏骂,骂之亦可警将来。"翁笑曰:"谁有闲气骂恶人。"卒不骂。某益窘,因实告之。翁乃骂,其病良已。

乙酉末。冯杰。

牙,说话闪金光,还会吸烟。经常见她迈着四方步子,叼着烟,提一根细麻绳,来到公社食品站那油乎乎的柜台上,一丢麻绳,然后,拍着桌子,闪金光:

"给我称二斤脂油!"

2006年6月6日

脂油渣

——《脂油》一文再补

脂油渣与平民，与小胡同，与小孩子这些概念有关。脂油渣，是穷人的一道小荤菜，在我的牙缝里，担当的角色独特。

我用时剔出，再咽下去。

20世纪六七十年代，在我住的孟岗小镇上，在偌大中国，都是凭票供给，有粮票、肉票、油票。都是肥肉贵于瘦肉，猪脂肪大于猪尾巴。猪油还被我家尊称为"大油"。

把猪肉脂肪切成指甲盖子大小，入热锅。这种提炼猪油的过程在我家叫"耗脂油"。一个"耗"字传神，就需要你慢慢来熬。这种灶上功夫多由我父亲来掌握。

父亲为了提高出油率，会把那些小小的脂油块都熬得焦黄，坚硬，最后几乎已近似小炭了。而在我的吃脂油渣经验里，好吃的脂油渣必须"耗"得轻，里面含油多，这样夹在馍里才香。

但是，父亲为了全家生活，每一次他都熬得很重。它们在油锅里哧哧叫唤。要耗成扣子。

母亲蒸花卷馒头、咸馍时，会别出心裁，把脂油渣撒在上面，拌盐、拌葱花。脂油渣经常能变换着花样，有时把脂油渣剁在青菜里，当包子馅、饺子馅。

可以说脂油渣的味道是乡愁味道里的一种。

在那些昏暗的灯光下，北中原的寒风闻到脂油渣的香气，也要穿越我家的厨房。我蹲着，哧哈着气，在一方瓷盘子里，用手指捏着那一颗颗面庞焦黄的脂油渣。

它们都像日子里的小珍珠，一时，会把童年擦得闪着淡淡油色。

它们还像那一些扣不住单衣的小扣子。

2011年4月23日

生死与共，味道不同。

壬辰年，冯杰。

蒸馒头的酵母

我姥姥说过一句我至今也认可的名言："蒸馒头靠的是一口气。"

这话不能想，想一想，这句子足可以使用到蒸馍以外。

馒头是否好吃，主要靠酵母。酵母不好，会变味道，或蒸成"死面"。现代城市，已经不再使用手工酵母。那些馒头，个个像人像物一样面目可疑。在我稻粱谋的这座城市里，早已吃不到旧日乡村馒头的味道。那是一种散发麦香的味道。

这么多年里，我们家一年四季蒸馍，一直都坚持使用自己家的酵母。姥姥和母亲都有自己做的酵母，叫"兜酵"。酵引子是用面瓜瓤来拌面才可。在乡村，要留下自己的酵头。似乎每一家都有一种"酵母的传承"。

一棵白麻秆烧完。我姥姥掀馍锅的时候，从来不让我数数，尤其不能说"完了"。

邻居们都说我家馍蒸的味道独到，只要一掀锅盖，隔墙就能闻得到馍味。为此，四邻八家蒸馍前经常来借酵母。我母亲也乐于助人。把酵母分割得像小糖块一般，用草纸包好。

母亲去世后，我才知道酵母也会是一种缺席。

以后我家蒸馍前，要发面了，就由妻子开始去借邻居家的酵母。

母亲没有告诉我酵母的配方。

有一年，在西藏旅游，在大昭寺外面的八廓街上，我看到一块块奶酪做的糍粑。那一刻，我竟想起母亲手下那些酵母块的模样。

在厨房，我翻到一个小草纸包，以为是什么好吃的，打

说食画_ **273**

开一看，竟是一小块酵母。想想，我就一怔。小小一块酵母，里面都被小虫子穿透，布满点点小孔。那些小孔一定相通，透气，还透虫语。

这是母亲当年留下或遗忘的一块酵母。

院里葛花开着，院外槐花开着。鼻子里，我闻到酵母弥漫来强大的酸味。

2012 年 11 月 9 日　客郑追忆

如矿出金，如铅出银。超心炼冶，绝爱缁磷。此诗品句。冯杰。

中秋节吃啥好

《《中秋节歌谣里的吃》补遗》

首提这问题的人，要是放在古代，得打五大板。1949年之后，止板。不讲究了。

肯定是先吃一口月饼。

善吃者就不这样认为。世上有的是野鹤般闲人。

我在乡村学画，村东的老师孙百义讲：他师承的书画家李瑞清有"李百蟹"之称，必须吃蟹。因无钱买蟹，便画了一百幅蟹图，聊以解馋。张大千揭露："实际上还不止此数，有一友送他螃蟹三百只，李老师两天就吃完，不仅吃蟹肉蟹黄，甚至连脚爪子里面的肉，都掏来吃得干干净净。"

李瑞清的艺术，潘天寿学得最好，我没有学到手，我只学会了他吃螃蟹。用锤子，镰钩。我家孩子告诉我，用蟹爪可以钩蟹腿里面的肉。这叫蟹的自相矛盾。

"一手持蟹螯，一手持酒杯，拍浮酒池中，便足了一生。"这段话常被后世文人借用。

有一句"虾荒蟹乱"的民谚，可推测年成世道里虾多了，要荒年；蟹多了，要乱世。政治家说，吃蟹不易"安定团结"。譬如去年艺术家艾未未设"河蟹宴"事件。（此处不表。或删去八十个字。）

第二，说吃饼。

开河南省第五次文代会，吾恭列之。一个大领导在台上讲他爹当年在延安的革命逸事，说当年窑洞里革命家不懂小资情调，恋人相约中秋赏月，革命家反问：有何看头，不就是个烧饼？

会后我思考，这和李白相同。李白有诗"小时不识月，呼作白玉盘"。说的也是一个烧饼状，皆属烹饪文学系列。

我16岁就学习白话诗，我的诗歌老师在村里号称胡适的一位隔代弟子，叫胡超白。当年有一次作业，要写一首关于中秋吃的诗，我写道："月亮像是一个金黄烧饼，我们是烧饼上的芝麻。"胡老师先发怔，后击节，说，奇诡，言人未言，有"李义山之风"。评语不阴不阳，却让我以后信心大长，上当到如今。

其三，延伸到月饼。

最早一块月饼来自唐代。唐高祖时，李靖出征突厥，中秋节凯旋。恰有一吐蕃企业家进献胡饼，李渊很高兴，手拿胡饼，指着当空的皓月说："应将胡饼邀蟾蜍（月亮）。"随后分给群臣食之。若此说靠谱的话，这是中秋节分食月饼的开始。

"月饼"一词，还最早见于南宋吴自牧的"红菱饼"。

后来宋人与唐人不同，赏月更多的是感物伤怀，不吃月饼为主，常以阴晴圆缺，喻人情事态，即使中秋之夜，明月的清光也掩饰不住宋人伤感。

对宋人来说，中秋还有另外一种形态，即中秋是世俗欢愉的节日。"中秋节前，诸店皆卖新酒，贵家结饰台榭，民家争占酒楼玩月，笙歌远闻千里，嬉戏连坐至晓。"孟元老在《东京梦华录》这样交代。宋代中秋夜是不眠之夜，夜市通宵营业，玩月游人，达旦不绝。

到2000年，一个南方美女对我说，我们吃田螺，可使双眼"明如秋月"。

这，我还真没看到。我说，我家吃南瓜，南瓜耐存，笨拙。看看吴昌硕、齐白石的南瓜就明白。

我说，还吃藕盒子。

到了2010年，一位身高五尺五寸的北方美女对我说：我家只吃小镜子一般大小的小月饼。

两座红山
童年这是最甜最高的山峰。丙戌末记。冯杰。

能吞吃 30 个，这才有点接近中秋本质。

北中原有一首儿童歌谣："八月十五月亮圆，月亮圆圆像银盘，红木桌子金闪闪。海棠果，红枣鲜，中间摆个大鸭梨，红白石榴两边站。手捧甜瓜把月拜，拜得月亮爷爷心欢喜，保咱天下都平安。"

掐指细查一下，一首歌谣里共上来了五种水果。红、黄、白，就占了三色。

2011 年 8 月 10 日　客郑

說食畫

地支

必须来凉拌风趣而去风干格调（跋）

必须来凉拌风趣而去风干格调（跋）

冯杰

诸位看官，衡量一位乡村厨师水平的秘诀是切土豆丝和炒豆芽，而不是钟鸣鼎食或做满汉全席。后者离皇帝近，离我却远。因此，我该写土豆丝。

话说民国一百年后端午，联合文学出版社印制我繁体版《一个人的私家菜》。

在书里，我道尽经手过的那些旧日食事，勺上风云，灶头烟火，甚至还有筷子头上的阶级斗争。但两岸毕竟隔一条水沟，繁简不同，让人皱眉，且多数人根本没有翻过那本书。今应河南文艺出版社之约，要再上菜，说要上硬菜。上的此本《说食画》是彼本《一个人的私家菜》之小名，是它的一个"互动版"。两书上菜盘子口径不同，口味却大致一样。依然是我多年坚持的家传食味。

散文年代来临。似乎如今全民皆写，人人挥毫舞笔，纸上走龙，最后我看无非多是两种："口水散文"和"口红散文"。

我嘴刁眼懒，只有来写"口味散文"。靠鼻子。

中国有一个雅厨子袁枚。他在《随园诗话》里引用杨诚斋语录，专是来说如何写诗："从来天分低拙之人，好谈格调，而不解风趣，何也？格调是空架子，有腔口易描；风趣专写性灵，非天才不办。"

写诗亦同写食。照这个标准套下去，世上那些烹饪散文根本就不能写成实用菜谱。

必须去说菜叶上的虫子和虫背上的斑点及斑点里面的咳嗽声。

必须味在盘外，在钟鼎之外。悬线号脉。在三尺之外，在四尺之外。

我姥爷还说：卖菜靠新鲜。我姥爷又说：宁吃鲜桃一口,不食烂杏一筐。

这些说的可都是一种吃的态度。也是我的散文立场。

以上可作本书之跋。

2012 年 11 月 3 日　听荷草堂

图书在版编目(CIP)数据

说食画/冯杰著. --郑州:河南文艺出版社,2015. 5
(2024. 3重印)

ISBN 978-7-5559-0177-8

Ⅰ.①说… Ⅱ.①冯… Ⅲ.①散文集-中国-当代
Ⅳ.①I267

中国版本图书馆 CIP 数据核字(2014)第 305081 号

选题策划　　李　辉
责任编辑　　李　辉
责任校对　　丁晨昭
书籍设计　　刘运来

出版发行	河南文艺出版社	印　张	19. 25
社　　址	郑州市郑东新区祥盛街 27 号 C 座 5 楼	字　数	208 000
承印单位	河南瑞之光印刷股份有限公司	版　次	2015 年 5 月第 1 版
经销单位	新华书店	印　次	2024 年 3 月第 2 次印刷
开　　本	787 毫米 × 1092 毫米　1/16	定　价	68. 00 元

印厂地址　河南省武陟县产业集聚区东区(詹店镇)泰安路

邮政编码　454950　　电话　0391-2527860